Ephraim Kishon

Kishons beste Spaßgeschichten für Kinder

omnibus

DER AUTOR

1963 hat Ephraim Kishon über sich selbst gesagt: »Geboren 1924 in Ungarn, neugeboren 1949 in Israel. ... Liebt Schmiedearbeit, Schach und Torbergs deutsche Übersetzungen seiner Geschichten. Lebt in Tel Aviv als freier Schriftsteller, nachdem er sich zuvor als freier Schlosser im Kibbuz, freier Garagenbesitzer und in einer Reihe anderer freier Berufe betätigt hat.«

Ephraim Kishon

Kishons beste Spaßgeschichten für Kinder

omnibus

omnibus

OMNIBUS
ist der Taschenbuchverlag für Kinder
in der Verlagsgruppe Random House

FSC
Mix
Produktgruppe aus vorbildlich
bewirtschafteten Wäldern und
anderen kontrollierten Herkünften

Zert.-Nr. SGS-COC-1940
www.fsc.org

Verlagsgruppe Random House FSC-DEU-0100
Das für dieses Buch verwendete
FSC-zertifizierte Papier *Munken Print*
liefert Arctic Paper Munkedals AB, Schweden.

1. Auflage
Erstmals als OMNIBUS Taschenbuch Mai 2006
Gesetzt nach den Regeln der Rechtschreibreform

Aus: Ephraim Kishon, Alle Satiren

Umschlagbild: Jutta Garbert
Umschlaggestaltung: Basic-Book-Design,
Karl Müller-Bussdorf
kb · Herstellung: CZ
Satz: KompetenzCenter, Mönchengladbach
Druck und Bindung: GGP Media GmbH, Pößneck
ISBN-10: 3-570-21548-2
ISBN-13: 978-3-570-21548-7
Printed in Germany

www.omnibus-verlag.de

Ephraim Kishon

Schokolade auf Reisen

Inhalt

Schokolade auf Reisen

Alles ist eine Frage der Einteilung. Deshalb bewahren wir in einem nach Fächern eingeteilten Kasten unbrauchbare Geschenke zur künftigen Wiederverwendung auf. Wann immer so ein Geschenk kommt, und es kommt oft, wird es registriert, klassifiziert und eingeordnet. Babysachen kommen automatisch in ein Extrafach, Bücher von größerem Format als 20 × 25 cm werden in der »Geburtstags«-Abteilung abgelegt, Vasen und Platten unter »Hochzeit«, besonders scheußliche Aschenbecher unter »Neue Wohnung«, und so weiter.

Eines Tages ist Purim, das Fest der Geschenke, plötzlich wieder da, und plötzlich geschieht Folgendes:

Es läutet an der Tür. Draußen steht Benzion Ziegler mit einer Pralinenschachtel unterm Arm. Benzion Ziegler tritt ein und schenkt uns die Schachtel zu Purim. Sie ist in Cellophanpapier verpackt. Auf dem Deckel sieht man eine betörend schöne Jungfrau, umringt von allerlei knallbunten Figuren. Wir sind tief gerührt und Benzion Ziegler schmunzelt selbstgefällig.

So weit, so gut. Die Pralinenschachtel war uns hochwillkommen, denn Pralinenschachteln sind sehr verwendbare Geschenke. Sie eignen sich für vielerlei Anlässe, für den Unabhängigkeitstag so gut wie für silberne Hochzeiten. Wir legten sie sofort in die Abteilung »Diverser Pofel«.

Aber das Schicksal wollte es anders. Mit einem Mal befiel die ganze Familie ein unwiderstehliches Verlangen nach Schokolade, das nur durch Schokolade zu befriedigen war. Zitternd vor Gier, rissen wir die Cellophanhülle von der Pralinenschachtel, öffneten sie – und prallten zurück. Die Schachtel enthielt ein paar bräunliche Kieselsteine mit leichtem Moosbelag.

»Ein Rekord«, sagte meine Frau tonlos. »Die älteste Schokolade, die wir jemals gesehen haben.«

Mit einem Wutschrei stürzten wir uns auf Benzion Ziegler und schüttelten ihn so lange, bis er uns bleich und bebend gestand, dass er die Pralinenschachtel voriges Jahr von einem guten Freund geschenkt bekommen hatte. Wir riefen den guten Freund an und zogen ihn derb zur Verantwortung. Der gute Freund begann zu stottern: Pralinenschachtel … Pralinenschachtel … ach ja. Ein Geschenk von Ingenieur Glück, zum Geburtstag … Wir forschten weiter. Ingenieur Glück hatte die Schachtel vor vier Jahren von seiner

Schwägerin bekommen, als ihm Zwillinge geboren wurden. Die Schwägerin ihrerseits erinnerte sich noch ganz deutlich an den Namen des Spenders: Goldstein, 1953. Goldstein hatte sie von Glaser bekommen, Glaser von Steiner, und Steiner – man glaubt es nicht – von meiner guten Tante Ilka, 1950. Ich wusste sofort Bescheid: Tante Ilka hatte damals ihre neue Wohnung eingeweiht, und da das betreffende Fach unseres Geschenkkastens gerade leer war, mussten wir blutenden Herzens die Pralinenschachtel opfern.

Jetzt hielten wir die historische Schachtel wieder in Händen. Ein Gefühl der Ehrfurcht durchrieselte uns. Was hatte diese Schokolade nicht alles erlebt! Geburtstagsfeiern, Siegesfeiern, Grundsteinlegungen, neue Wohnungen, Zwillinge … wahrhaftig ein Stück Geschichte, diese Pralinenschachtel.

Hiermit geben wir allen bekannt, dass die Reise der Geschenkpralinenschachtel zu Ende ist. Irgendjemand wird eine neue kaufen müssen.

Der Kaktus im Silberrausch

Eines Tages beschloss ich, meiner Frau eine Freude zu machen und unseren alten, verrosteten Ofen neu anzumalen.

In einem Farbengeschäft in Joffa kaufte ich eine besonders große Dose »echt feuerfesten silbernen Aluminiumlack« und einen mittelgroßen Pinsel.

Zu Hause stellte ich mich schlafend und wartete, bis meine Frau aus dem Haus ging.

Als sie weg war, öffnete ich die Zinndose mit der glitzernd silbrigen Flüssigkeit darinnen, sorgfältig strich ich den Ofen. Der Lack saß ihm wie angegossen und machte allen Schmutz und Rost vollkommen unsichtbar.

Die Arbeit machte mir große Freude. Ich wartete gar nicht ab, bis »der erste Belag vollkommen getrocknet« war – zufolge der Gebrauchsanweisung dürfte man nämlich erst dann die zweite Schicht auflegen. Ich legte sie, um sicherzugehen, sofort auf, und die dritte obendrein.

Da meine Hände nun schon sehr kräftig Spuren der geleisteten Arbeit trugen und die Büchse noch nicht annähernd leer war, begann ich, Umschau zu halten, ob nicht noch andere Gegenstände in unserer Wohnung eine Verschönerung nötig hätten. Ich fand und lackierte zwei schäbig gewordene Türklinken, einen tropfenden Wasserhahn und drei Aluminiumkochtöpfe, die nachher wie neu aussahen; ferner einen Kaktustopf samt Kaktus, den Küchentisch, zwei Fußschemel, einen Aschenbecher, einen Schuhlöffel und andere Kleinigkeiten. Dann wollte ich aufhören, denn ich hatte das Gefühl, ein wenig zu weit zu gehen.

Aber da fiel mein Blick zufällig auf den abgeblätterten Lack meines Motorrads – und binnen kurzem erglänzte das Rad in neuer Pracht. Jetzt gab es für mich kein Halten mehr. Ich verlor jede Selbstbeherrschung und erfüllte mir den lang gehegten Wunsch, das abscheuliche Linienmuster unseres Kachelfußbodens durch reizvoll unregelmäßige Karos zu ersetzen. Es wurde immer schlimmer. Schon kniete ich aufs Neue vor dem Ofen und verpasste ihm einen weiteren, vierten Silberbelag. Jetzt merkte ich, wie scheußlich es war, nur zwei silberne Türklinken zu haben, und versilberte alle übrigen und die Fenstergriffe dazu. Während ich den Radioapparat lackierte, fiel mir auf, dass meine Schuhe mit silbernen Pünktchen gesprenkelt waren, was nicht hübsch aussah; ich bedeckte sie zur Gänze mit Silber. Wie schön sie doch glänzten! Es ist zum Staunen, dass noch niemand auf den Einfall gekommen ist, Aluminiumschuhe herzustellen. Sie würden zum dunklen Anzug hervorragend passen.

Nachdem ich die achtzehn Bände unseres Lexikons in Silber getaucht hatte, machte ich aber wirklich Schluss und ließ nur noch einigen Stehlampen die Verschönerung zukommen, auf die sie mir Anspruch zu haben schienen. Dazu musste ich eine Leiter ersteigen. Seltsam: Nachher hätte ich schwören mögen, es wäre eine Aluminiumleiter, obwohl ich doch ganz genau wusste, dass es eine gewöhnliche hölzerne Leiter war. Während ich oben stand, verschüttete ich ein wenig Lack auf unseren Teppich. Zu meiner Freude entdeckte ich jedoch, dass der Teppich eine außergewöhnliche Saugfähigkeit für Silberlack besaß.

Als mein Vorhaben, unseren Petroleumofen zu lackieren, bis zu diesem Punkt gediehen war, erledigte ich noch rasch die Regale in unserer Küche, die Handtaschen meiner Frau sowie meine eigenen Krawatten und verwandelte den Kaninchenpelz meiner Schwiegermutter in einen Silberfuchs. Jetzt litt es mich nicht länger im Haus. Vor Seligkeit taumelnd, begab ich mich in den Garten, wo ich ein paar jungen Bäumen täuschende Ähnlichkeit mit kleinen Silberpappeln verlieh und die ersten Silbernelken züchtete. Beim Versilbern unserer Fensterläden überraschte mich der Briefträger, dem ich durch einen leichten Silberbelag auf den Schläfen zu feinerem Aussehen verhelfen wollte. Aber der arme Kerl begriff das nicht, und er entfloh unter heiseren Schreckenslauten, wobei er eine Menge Briefe auf unserem Silberrasen verstreute.

Ich war gerade dabei, die Wände unserer Wohnung auf den allgemeinen Charakter des Hauses abzustimmen, als die Türe sich öffnete und meine Frau auf der Schwelle stand.

»Entschuldigen Sie«, sagte sie höflich. »Ich muss mich in der Türe geirrt haben.« Und sie wollte wieder weggehen.

Mit knapper Not konnte ich sie zurückhalten, um sie nach und nach davon zu überzeugen, dass sie sich tatsächlich in unserem Heim befinde und dass ich ihr mit diesen kleinen Verschönerungen nur eine frohe Überraschung hätte bereiten wollen. Sie war überrascht, nicht aber froh, und ließ mich wissen, dass sie in ein Hotel ziehen würde. Zum Glück konnte sie ihre Sachen nicht packen, weil alle Koffer mit frischem Silberlack bedeckt waren und sich nicht öffnen ließen. Während sie zusammenbrach und haltlos vor sich hin schluchzte, fand ich noch ein wenig Silberlack für ihre Nägel. Dann war die Dose leer.

Wie Amir das Schlafengehen erlernte

Manche Kinder wollen um keinen Preis rechtzeitig schlafen gehen. Ganz anders als unser Amir! Er geht mit einer Regelmäßigkeit zu Bett, nach der man die Uhr einstellen kann: auf die Minute genau um halb neun am Abend. Und um sieben am Morgen steht er frisch und rosig auf, ganz wie's der Onkel Doktor will und wie es seinen Eltern Freude macht.

So gerne wir von der Folgsamkeit unseres Söhnchens und seinem rechtzeitigen Schlafengehen erzählen – ein kleiner Haken ist leider dabei: Es stimmt nicht. Wir lügen, wie alle Eltern. In Wahrheit geht Amir zwischen halb zwölf und Viertel nach zwei schlafen. Das hängt vom Sternenhimmel ab und vom Fernsehprogramm. Am Morgen kriecht er auf allen vieren aus dem Bett, so müde ist er. An Sonn- und Feiertagen verlässt er das Bett überhaupt nicht.

Nun verhält es sich keineswegs so, dass der Kleine sich etwa weigern würde, der ärztlichen Empfehlung zu folgen und um halb neun schlafen zu gehen. Pünktlich zu dieser Stunde schlüpft er in seinen Schlafanzug, sagt »Gute Nacht, liebe Eltern!« und geht in sein Zimmer. Erst nach einer bestimmten Zeit – manchmal dauert es eine Minute, manchmal anderthalb – steht er wieder auf, um die Zähne zu putzen. Dann nimmt er ein Getränk zu sich, dann muss er Pipi machen, dann sieht er in seiner Schultasche nach, ob alles drinnen ist, trinkt wieder eine Kleinigkeit, meistens vor dem Fernsehapparat, plaudert anschließend mit dem Hund, macht noch einmal Pipi, beobachtet die Schnecken in unserem Garten, beobachtet das Fernsehprogramm und untersucht den Kühlschrank auf Süßigkeiten. So wird es Viertel nach zwei und Schlafenszeit.

Natürlich geht diese Lebensweise nicht spurlos an ihm vorüber. Amir sieht ein wenig blass, ja beinahe durchsichtig aus, und mit den großen Ringen um seine Augen ähnelt er bisweilen einem Brillen tragenden Gespenst. An heißen Tagen, so ließ uns sein Lehrer wissen, schläft er mitten im Unterricht ein und fällt unter die Bank. Der Lehrer erkundigte sich bei uns, wann Amir immer schlafen geht.

Wir antworteten: »Um halb neun. Auf die Minute.«

Lange Zeit gab es uns zu denken, dass alle anderen Kinder unserer Nachbarschaft rechtzeitig schlafen gehen, zum Beispiel Gideon Landesmanns Töchterchen Avital. Gideon verlangt in seinem Hause strikten Gehorsam und eiserne Disziplin – er ist der Boss, daran gibt's nichts zu rütteln. Pünktlich um dreiviertel neun Uhr geht Avital schlafen, wir konnten das selbst feststellen, als wir unlängst bei Landesmanns zu Besuch waren. Um 20.44 Uhr warf Gideon einen Blick auf die Uhr und sagte kurz, ruhig und unwidersprechlich: »Tally – Bett.«

Keine Silbe mehr. Das genügte. Tally steht auf, sagt allseits Gute Nacht und trippelt in ihr Zimmerchen, ohne das kleinste Zeichen jugendlicher Auflehnung. Wir, die beste Ehefrau von allen und ich, schämten uns bei dem Gedanken, dass zur selben Stunde unser Sohn Amir in halbdunklen Räumen umherstreift. Wir schämten uns bis halb zwei Uhr früh. Um halb zwei Uhr früh öffnete sich die Tür, das folgsame Mädchen Avital erschien mit einem Stoß Zeitungen unterm Arm und fragte: »Wo sind die Wochenendbeilagen?«

Jetzt war es an Gideon, sich zu schämen. Und seit diesem Abend erzählen wir allen unseren Gästen, dass unsere Kinder pünktlich schlafen gehen.

Einmal erwischte ich Amir um halb drei Uhr früh in der Küche bei einer verbotenen Flasche Coca Cola.

»Warum schläfst du nicht, Sohn?«, fragte ich.

Die einigermaßen überraschende Antwort lautete:

»Weil es mich langweilt.«

Ich versuchte, ihn eines Besseren zu belehren, führte zahlreiche Tiere an, die mit der Abenddämmerung einschlafen und mit der Morgendämmerung erwachen. Amir verwies mich auf das Gegenbeispiel der Eule, die er schon immer als Vorbild hätte, genauer gesagt: seit gestern. Ich erwog, ihm eine Tracht Prügel zu verabreichen, aber die beste Ehefrau von allen ließ das nicht zu; sie kann es nicht vertragen, wenn ich ihre Kinder schlage. Also begnügte ich mich damit, ihn barschen Tons zum Schlafengehen aufzufordern. Amir ging und löste Kreuzworträtsel bis drei Uhr früh.

Wir wandten uns an einen Psychotherapeuten, der uns dringend nahe legte, die Wesensart des Kleinen nicht gewaltsam zu unterdrücken. »Überlassen Sie seine Entwicklung der Natur«, riet uns der erfahrene Fachmann. Wir gaben der Natur die Chance, aber sie nahm sie nicht wahr. Als ich Amir kurz darauf um halb vier Uhr früh dabei antraf, wie er mit farbiger Kreide Luftschiffe an die Wand malte, verlor ich die Nerven und rief den weichherzigen Seelenarzt an. Am anderen Ende des Drahtes antwortete eine Kinderstimme: »Papi schläft.«

Die Rettung kam während der Ferien. Sie kam nicht sofort. Am ersten schulfreien Tag blieb Amir bis 3.45 Uhr wach, am zweiten bis 4.20 Uhr.

Es wurde immer schlimmer und schlimmer. Amir schlief immer später und später ein. Die beste Ehefrau von allen wollte ihm eine Tracht Prügel verabreichen, aber ich ließ das nicht zu; ich kann es nicht vertragen, wenn sie meine Kinder schlägt.

Und dann, urplötzlich, hatte sie den erlösenden Einfall.

»Ephraim«, sagte sie und setzte sich ruckartig im Bett auf, »wie spät ist es?«

»Zehn nach fünf«, gähnte ich.

»Ephraim, wir müssen uns damit abfinden, dass wir Amir nicht auf eine normale Einschlafzeit zurückschrauben können. Wie wär's und wir schrauben ihn nach vorn?«

So geschah's. Wir gaben Amirs umrandeten Augen jede Freiheit, ja, wir ermunterten ihn, überhaupt nicht zu schlafen:

»Geh ins Bett, wenn du Lust hast. Das ist das Richtige für dich.« Unser Sohn machte mit und zwar mit folgendem Ergebnis:

Am dritten Tag der Behandlung schlief er um halb sechs Uhr morgens ein und wachte um ein Uhr mittags auf.

Am achten Tag schlief er von zehn vor zehn Uhr morgens bis halb sieben Uhr abends.

Noch einige Tage später wurde es halb vier Uhr nachmittags, als er schlafen ging, und Mitternacht, als er erwachte.

Am siebzehnten Tag ging er um sechs Uhr abends schlafen und stand mit den Vögeln auf.

Und am letzten Tag der insgesamt dreiwöchigen Ferien hatte Amir sich eingeholt. Pünktlich um halb neun Uhr abends schlief er ein, pünktlich um sieben Uhr morgens wachte er auf. Und dabei ist es geblieben. Unser Sohn schläft so regelmäßig, dass man die Uhr nach ihm richten kann. Wir sagen das nicht ohne Stolz. Es ist allerdings auch möglich, dass wir lügen, wie alle Eltern.

»Sag Schalom!«

Die Sache begann damit, dass mein Töchterchen Renana, unsere Jüngste, besonders eilfertig den Stuhl für mich zurechtrückte, kaum dass ich an den Tisch getreten war. Als Nächstes erkundigte sich mein Sohn Amir, ob ich vielleicht möchte, dass er meinen Wagen wäscht. Und schließlich überraschte mich die beste Ehefrau von allen mit der Mitteilung, dass ich in letzter Zeit ein paar wirklich hervorragende Geschichten geschrieben hätte.

»Nützt alles nichts«, sagte ich. »Ihr bekommt keinen Papagei.« Des Übels Wurzel war, dass unser Nachbar Felix Seelig eines Tages einen Papagei nach Hause gebracht hatte, über den meine Familie in helle Begeisterung geriet. Angeblich konnte er mehrere Sprachen sprechen, konnte lachen – ein glucksendes Lachen, so ähnlich wie Graf Dracula, es ist zu komisch, Pappi – und konnte sogar »rrrr« machen wie eine richtige Weckeruhr …

»Das mit der Weckeruhr stimmt«, nickte Felix Seelig, als er mir vor ein paar Tagen begegnete, schwarze Ringe unter den Augen von den vielen schlaflosen Nächten. »Wollen Sie ihn kaufen?«

Ich wollte nicht, denn gestern, nach einem gemeinsamen Angriff aller meiner Lieben, hatte ich Zlobniks Tierhandlung aufgesucht und ein Prachtexemplar mit graugrünem Federkleid erworben. »Unter einer Bedingung«, warnte ich den alten Zlobnik. »Das Vieh kann reden, soviel es will – aber wehe, wenn es läutet! Ich wünsche in meinem Haus keine Alarmvorrichtungen.«

Zlobnik gab mir sein Ehrenwort, dass unser Papagei sich wie ein menschliches Wesen benehmen und lediglich reden würde. »Diese grauen Afrikaner sind die gescheitesten von allen«, behauptete er. »Da hat mir neulich ein Polizist, mit dem ich befreundet bin, eine Geschichte erzählt, hören Sie zu. Plötzlich geht bei ihm auf der Wachstube das Telefon, er hebt ab, und der Anrufer meldet, dass soeben eine große Katze in sein Zimmer gekommen ist. Sagt mein Freund: ›Na wenn schon. Das ist doch kein Grund, die Polizei anzurufen.‹

Sagt die Stimme: ›Für mich schon. Hier spricht der Papagei.‹

Gut, was?«

Nachdem Zlobnik zu Ende gelacht hatte, gab er mir noch einige Ratschläge für die Behandlung des Papageis. Der Papagei, so schärfte er mir ein, sei ungern allein, liebe den Kontakt mit Menschen und lasse sich gern verwöhnen. Ich sollte ihm zuerst beibringen, sich auf meine Finger zu setzen, und erst dann mit dem Sprechunterricht beginnen. Jeder Erfolg sei mit einer Erdnuss zu belohnen, empfahl Zlobnik. »Aber geben Sie Acht, dass er Ihnen mit dem Schnabel nicht zu nahe kommt, der kleine Fresser!«, schloss er wohl gelaunt.

»Ich übernehme seine Erziehung«, erbot sich mein Sohn Amir. »In spätestens einer Woche begrüßt er jeden Besucher mit einem lauten Schalom, verlasst euch auf mich.«

Gleich am nächsten Tag setzte sich Amir vor den Käfig, steckte den Finger hinein, schrie auf, weil der Papagei nach ihm gehackt hatte, zog den Finger wieder heraus und begann die erste Lektion: »Sag Schalom! Sag Schalom! Sag Schalom! Sag Schalom! Sag Schalom! …«

Wegen Platzmangel kann ich nicht den vollständigen Text des Unterrichts wiedergeben. Jedenfalls war es Amir, der nachher die Erdnüsse aß. Der Papagei hatte ihn aus glasigen Augen angestarrt, stumm wie der Goldfisch in Zlobniks Tierhandlung, und dabei blieb er. Unsere Besucher hörten von ihm weder ein Schalom noch sonst etwas. »Er ist heute nicht in der richtigen Laune«, murmelten wir verlegen.

Drei Wochen lang hielt Amir durch. Wir unterstützten ihn mit Erdnüssen und Bananen, wir versuchten abwechselnd, durch freundlichen Zuspruch und bittere Vorwürfe auf den Vogel einzuwirken, wir baten und schimpften, wir kitzelten ihn und kratzten ihn – ohne Erfolg. Allmählich begannen wir, uns damit abzufinden, dass uns der alte Gauner Zlobnik einen taubstummen Papagei verkauft hatte.

Und dann, an jenem unvergesslichen Morgen, als mich ein wichtiger Anruf aus dem Ausland erreichte, erklang es plötzlich laut und klar hinter mir:

»Sag! Sag! Sagsagsag! ...«

Ich konnte kein Wort verstehen. Immer wenn ich fragte: »Wer ...«, kam vom Papagei: »Sag! Sag! Sagsagsag! ...«

Immerhin stand jetzt fest, dass er belehrbar war, dass er sich abrichten ließ, dass er reden konnte.

Amir schwor, dem verdammten Vogel das Schalom-Sagen beizubringen, oder er würde ihm alle graugrünen Federn ausreißen. Er baute in den Käfig ein Tonband ein, das dem widerspenstigen Insassen ununterbrochen dasselbe Wort vorsagte: »Schalom ... Schalom ... Schalom ...«

Das Band lief so lange, bis die Batterie leer war. Nichts geschah.

Aber ein paar Tage später, gerade als im Fernsehen die Abendnachrichten begonnen hatten, erklang es aus dem Käfig:

»Wer! Wer-wer! Werwerwer!«

Was »wer«? Wieso »wer«? Wer »wer«? Erst nach längerem Nachdenken kam ich dahinter, dass es sich nur um meinen Anrufer handeln konnte. Wieder ein kleiner Fortschritt. Wir beschlossen, unseren Papagei fortan Werwer zu nennen. »Man muss«, erklärte ich meiner Familie, »dem Tier ein wenig entgegenkommen, ob es Schalom sagt oder nicht.«

Am folgenden Wochenende erweiterte Werwer sein Vokabular in eine gänzlich andere Richtung:

»Wuff!«, bellte er, »grrr-wauwau.«

Unser Hund Franzi bellte zurück, und seither plaudern die beiden oft stundenlang miteinander, es sei denn, dass wir Besuch haben. Dann verstummt Werwer sofort.

Andererseits hat er tanzen gelernt. Wenn man ihm »Halleluja« vorsingt und sich dabei in den Hüften wiegt, schaukelt er mit, allerdings ohne zu singen. Er pfeift. Das macht er den Fußballschiedsrichtern nach, die im Fernsehen auftreten. Am liebsten übt er in den späten Nachtstunden, zwischen Sagsagsag und Werwerwer.

Ich ging zu Zlobnik und erhob Klage:

»Unser Papagei bellt bei Tag und pfeift bei Nacht. Was ist mit Ihrem Ehrenwort? Ich kann nicht schlafen.«

»Natürlich nicht«, erwiderte der erfahrene

Tierhändler. »Sie müssen den Käfig bei Nacht zudecken.«

Und er verkaufte mir eine dicke Plastikhülle, garantiert pfiffdicht. Ich ging nach Hause, stülpte bei Einbruch der Dunkelheit die Hülle über den Käfig, ging zu Bett und schlief wie ein Mehlsack bis 3 Uhr früh, als die beste Ehefrau von allen aufstand und die Hülle wieder entfernte.

»Soll das arme Tier im Gefängnis leben?«, fragte sie. Ihr machte das alle Ehre.

Dem Papagei machte es Freude.

Meinen Schlaf machte es zunichte.

Als Renana sich eine Erkältung zuzog, begann Werwer prompt zu husten. Renana erfreut sich als einziges Mitglied unserer Familie der Zuneigung Werwers. Das zeigt sich immer wieder und hatte eines Tages böse Folgen.

Wenn das kluge Kind Renana allein zu Hause ist, öffnet sie niemals die Türe, ohne vorher mit ihrer lieben kleinen Kinderstimme zu fragen: »Wer ist da?« Einmal aber war Werwer allein zu Hause. An diesem Nachmittag geschah es. Der Mann von der Wäscherei brachte unsere Wäsche und läutete an der Türe. Von drinnen kam eine liebe kleine Kinderstimme:

»Wersda?«

»Die Wäsche«, antwortete der Wäschemann.

»Wersda?«, erklang es noch einmal.

»Der Mann mit der Wäsche.«

»Wersda?«

»Die Wäsche!«

»Wersda?«

»Die Wä-ä-sch-e!«

Wie lange das Drama dauerte, weiß niemand. Als wir gegen Abend nach Hause kamen, fanden wir den Garten voll mit Hemden, Unterhosen und Taschentüchern, überallhin verstreut. Der Mann von der Wäscherei, so hörten wir, war mit einem Schreikrampf und wild um sich schlagend von einem Krankenwagen weggebracht worden …

Vorsichtig betraten wir die Wohnung. Ein heiserer Zuruf begrüßte uns:

»Wäsche! Wäsche! Wäschewäschewäsche! …«

Zusammen mit Sagsag, Werwer, Wuffwuff, Wersda und verschiedenen Formen des Hustens ergab das einen recht ansehnlichen Wortschatz.

Nur Schalom hat er nie gelernt.

Amir will nicht in den Kindergarten

Als wir Amir zum ersten Mal in den Kindergarten brachten, schien er sich dort ungemein wohl zu fühlen, spielte sofort mit den anderen Kindern, tollte fröhlich mit ihnen umher, baute Plastikburgen und tanzte zu den Weisen einer Ziehharmonika. Aber schon am nächsten Morgen besann er sich auf sich selbst: »Ich will nicht in den Kindergarten gehen«, plärrte er. »Bitte nicht! Papi, Mami, bitte keinen Kindergarten! Nein, nein, nein!« Wir fragten ihn nach den Gründen des plötzlichen Umschwungs – gestern hätte es ihm doch so gut gefallen, warum wollte er plötzlich nicht mehr, was ist denn los? Amir ließ sich auf keine Diskussion ein. Er wollte ganz einfach nicht, er weigerte sich, er war bereit, überall hinzugehen, nur nicht in den Kindergarten. Und da er in der Kunst des Heulens meisterhaft ausgebildet ist, setzte er auch diesmal seinen Willen durch.

Das Ehepaar Seelig bemängelte unsere Schwäche, und als wir Amir – der ja schließlich uns gehörte und nicht den Seeligs – in Schutz zu nehmen versuchten, bekamen wir's mit Erna Seelig zu tun:

»Lauter Unfug«, keifte sie. »Man darf einem kleinen Kind nicht immer nachgeben. Man muss es vor vollendete Tatsachen stellen. Nehmen Sie den Buben bei der Hand, liefern Sie ihn im Kindergarten ab, und fertig!«

Wir konnten nicht umhin, den Mut dieser energischen Person zu bewundern. Endlich ein Mensch, der sich von Kindern nichts vorschreiben lässt! Wirklich schade, dass Erna Seelig keine Kinder hat.

Mit ihrer Hilfe zerrten wir Amir in den Wagen und unternahmen eine Spazierfahrt, die zufällig vor dem Eingang des Kindergartens endete. Amir begann sofort und in den höchsten Tönen zu heulen, aber das kümmerte uns nicht. Wir fuhren ab. Der Fratz soll nur ruhig heulen. Das kräftigt die Stimmbänder.

Nach einer Weile, vielleicht eine volle Minute später, wurden wir nachdenklich. In unseren Herzen stieg die bange Frage auf, ob er denn wohl noch immer weinte.

Wir fuhren zum Kindergarten zurück. Amir hing innen am Gitter, die kleinen Händchen ins Drahtgeflecht verklammert, den kleinen Körper von Schluchzen geschüttelt, aus dem die Rufe »Mami« und »Papi« klar hervordrangen.

Eine Stunde später wusste man in der ganzen Nachbarschaft, dass Amir zu Hause war und nicht im Kindergarten.

Und dann trat eine Wendung ein. Wir verbrachten den Abend bei den Birnbaums, zwei netten älteren Leuten. Im Lauf der Unterhaltung kamen wir auch auf Amir und das Kindergartenproblem zu sprechen und schlossen unsern Bericht mit den Worten:

»Kurz und gut – er will nicht.«

»Natürlich nicht«, sagte Frau Birnbaum, eine sehr gescheite, fein gebildete Dame. »Sie dürfen ihm Ihren Willen nicht aufnötigen, als wäre er ein dressierter Delfin. So kommt man kleinen Kindern nicht bei. Auch unser Gabi wollte anfangs nicht in den Kindergarten gehen, aber es wäre uns nie eingefallen, ihn zu zwingen. Hätten wir das getan, dann wäre aus seiner Abneigung gegen den Kindergarten späterhin eine Abneigung gegen die Schule geworden und schließlich gegen das Lernen überhaupt. Man muss Geduld haben. Zugegeben, das hat gewisse Schwierigkeiten im Haushalt zur Folge, es kostet auch Zeit und Nerven, aber die seelische Ausgeglichenheit eines Kindes ist jede Mühe wert.«

Meine Frau und ich wurden gelb vor Neid:

»Und hat Ihr System Erfolg?«

»Das will ich meinen! Wir fragen Gabi von Zeit

zu Zeit ganz beiläufig: ›Gabi, wie wär's morgen mit dem Kindergarten?‹ Und das ist alles. Wenn er Nein sagt, dann bleibt's eben beim Nein. Früher oder später wird er schon einsehen, dass man nur sein Bestes will.«

In diesem Augenblick steckte Gabi den Kopf durch die Türe:

»Papi, bring mich ins Bett.«

»Komm doch erst einmal her, Gabi«, forderte ihn mit freundlichem Lächeln Herr Birnbaum auf. »Und gib unseren Freunden die Hand. Auch sie haben einen kleinen Sohn. Er heißt Amir.«

»Ja«, sagte Gabi. »Bring mich ins Bett.«

»Gleich.«

»Sofort.«

»Erst sei ein lieber Junge und begrüße unsere Gäste.«

Gabi reichte mir flüchtig die Hand. Er war ein hübscher Kerl, hoch gewachsen und wohl gebaut, etwa 1,80 m groß und eigentlich längst erwachsen.

»Jetzt müssen Sie uns entschuldigen«, sagte Vater Birnbaum und verließ mit seinem Sohn das Zimmer.

»Gabi!«, rief Frau Birnbaum hinterher. »Möchtest du morgen nicht in den Kindergarten gehen?«

»Nein.«

»Ganz wie du willst, Liebling. Gute Nacht.« Wir blieben mit der Mutter allein.

»Es stört mich nicht im Geringsten, dass er nicht in den Kindergarten gehen will«, sagte sie. »Er ist ohnehin schon zu alt dafür. Nächstes Jahr wird er zum Militärdienst einberufen. Was soll er da noch im Kindergarten?«

Ein wenig betreten verließen wir das Birnbaum'sche Haus. Bei allem Respekt vor den erzieherischen Methoden unserer Gastgeber schien uns das Ergebnis denn doch nicht so furchtbar gut. Ich wurde nachdenklich. Immer dieser dumme Kindergarten. Wo steht denn geschrieben, dass es Kindergärten geben muss? Bin ich als kleines Kind vielleicht in den Kindergarten gegangen?

Jawohl. Also?

Wir mussten den Albdruck endlich loswerden. Am nächsten Tag suchten wir unsern Hausarzt auf, um uns mit ihm zu beraten. Er teilte unsere Bedenken und fügte abschließend hinzu:

»Außerdem ist es gar nicht ungefährlich, den Kleinen jetzt in den Kindergarten zu schicken. Wir haben den Erreger dieser neuen Sommerkrankheit noch nicht entdeckt – aber es besteht größte Ansteckungsgefahr. Besonders wenn viele Kinder beisammen sind.«

Das war die Entscheidung. Das war die Erlösung. Zu Hause angelangt, machten wir Amir sofort mit der neuen Sachlage vertraut:

»Du hast Glück, Amirlein. Der Onkel Doktor erlaubt nicht, dass du in den Kindergarten gehst, weil du dir dort alle möglichen Krankheiten holen könntest. Die Bazillen schwirren nur so in der Luft herum. Das wär's. Den Kindergarten sind wir los.«

Seither gibt es mit Amir keine Schwierigkeiten mehr. Er sitzt den ganzen Tag im Kindergarten und wartet auf die Bazillen. Und er würde um keinen Preis auch nur eine Minute früher nach Hause gehen, als er muss.

Die Schlüssel im Klo

Zum Nachmittagstee kamen die Lustigs, die wir eingeladen hatten, und brachten ihren sechsjährigen Sohn Schragele mit, den wir nicht eingeladen hatten. Aber Schragele war ein netter, wohl erzogener Knabe, obwohl er uns ein wenig nervös machte, da er sich pausenlos in sämtlichen Räumen unseres Hauses herumtrieb.

Wir saßen mit seinen Eltern beim Tee und unterhielten uns über alles Mögliche.

Plötzlich hörten wir, dass Schragele, nun ja, die Wasserspülung unserer Toilette in Betrieb setzte.

An sich wäre das nichts Außergewöhnliches gewesen. Warum soll ein gesundes Kind im Laufe eines Nachmittags nicht das Bedürfnis verspüren, auch einmal … man versteht, was ich meine … und warum soll es danach nicht die Wasserspülung … wie gesagt: Das ist nichts Außergewöhnliches.

Außergewöhnlich wurde es erst durch das Verhalten der Eltern.

Sie verstummten mitten im Satz, sie verfärbten sich, sie sprangen auf, sie schienen von plötzlichen Krämpfen befallen zu sein, und als Schragele in der Türe erschien, brüllten sie beide gleichzeitig: »Schragele – was war das?«

»Der Schlüssel zum Kleiderschrank vom Onkel«, lautete die ruhig erteilte Auskunft des Knaben.

Frau Lustig packte ihn an der Hand, zog ihn unter heftigen Vorwürfen in die entfernteste Zimmerecke und ließ ihn dort mit dem Gesicht zur Wand stehen.

»Wir sprechen nur ungern darüber.« Herr Lustig konnte dennoch nicht umhin, sein bekümmertes Vaterherz mit gedämpfter Stimme zu erleichtern. »Schragele ist ein ganz normales Kind – bis auf diese eine, merkwürdige Gewohnheit. Wenn er einen Schlüssel sieht, wird er von einem unwiderstehlichen Zwang befallen, ihn … Sie wissen schon … ins Klo zu werfen und hinunterzuspülen. Nur Schlüssel, nichts anderes. Immer nur Schlüssel. Alle unsere Versuche, ihm das abzugewöhnen, sind erfolglos geblieben. Wir wissen nicht mehr, was wir tun sollen. Freunde haben uns geraten, gar nichts zu unternehmen und das Kind einfach nicht zu beachten, dann würde es von selbst zur Vernunft kommen. Wir haben diesen Rat befolgt – mit dem Ergebnis, dass wir nach einiger Zeit keinen einzigen Schlüssel mehr im Haus hatten …«

»Komm einmal her, Schragele!« Ich rief den

kleinen Tunichtgut zu mir. »Nun sag doch: Warum wirfst du alle Schlüssel ins Klo?«

»Weiß nicht«, antwortete Schragele achselzuckend. »Macht mir Freude.«

Jetzt ergriff Frau Lustig das Wort:

»Wir haben sogar einen Kinderarzt konsultiert. Er verhörte Schragele zwei Stunden lang und bekam nichts aus ihm heraus. Dann fragte er uns, ob wir den Buben nicht vielleicht als Baby mit einem Schlüssel geschlagen hätten. Natürlich ein Blödsinn. Schon deshalb, weil ja ein Schlüssel für so etwas viel zu klein ist. Das sagten wir ihm auch. Er widersprach, und wir fingen an, darüber zu streiten. Mittendrin hörten wir plötzlich die Wasserspülung: Schragele hatte uns eingesperrt, und erst als nach stundenlangem Telefonieren ein Schlosser kam, konnten wir wieder hinaus. Der Kinderarzt erlitt einen Nervenzusammenbruch und musste einen Arzt aufsuchen.«

In diesem Augenblick erklang abermals das Rauschen der Spülung. Unsere Nachforschungen ergaben, dass der Schlüssel zum Hauseingang fehlte.

»Wie tief ist es bis in den Garten?«, erkundigten sich die Lustigs.

»Höchstens anderthalb Meter«, antwortete ich.

Die Lustigs verließen uns durch das Fenster und versprachen, einen Schlosser zu schicken.

Nachdenklich ging ich auf mein Zimmer. Nach einer Weile stand ich plötzlich auf, versperrte die Tür von außen, nahm den Schlüssel und spülte ihn die Klosettmuschel hinab.

Die Sache hat etwas für sich. Macht mir Freude.

Steaks für Franzi

Wir – die beste Ehefrau von allen, die drei Kinder und ich – nehmen unser Mittagessen jeden Samstag bei Martin & Maiglock ein, und jeden Samstag stellen sie fünf riesenhafte Steaks vor uns hin. Beim ersten Mal glaubte ich noch an einen Irrtum oder an eine ausnahmsweise erfolgende Kundenwerbung. Aber es war, wie sich alsbald erwies, keine Ausnahme. Es war die Regel und sie macht besonders den Kindern schwer zu schaffen. Verzweifelt starren sie auf ihre Teller, die nicht leer werden wollen: »Mami, ich kann nicht mehr …«

Oder sie weinen stumm vor sich hin.

Und es ist ja wirklich zum Heulen, auch für die Erwachsenen. Denn die Steaks im Restaurant Martin & Maiglock sind besonders gut, und man wird ganz einfach trübsinnig bei dem Gedanken, dass man höchstens die Hälfte aufessen kann und die andere Hälfte zurücklassen muss.

Muss man?

»Warum nehmen wir den Rest nicht mit nach Hause?«, flüsterte eines Samstags die beste Ehefrau von allen. »Mehr als genug für ein ausgiebiges Abendessen!«

Sie hatte Recht. Es fragte sich nur, wie ihr hervorragender Plan zu verwirklichen wäre. Schließlich kann man sich nicht mit Händen voller Steaks aus einem dicht gefüllten Restaurant entfernen. Andererseits erinnere ich mich mit Schaudern an jene halbe Portion Hamburger, die ich einmal in eine Papierserviette eingewickelt und in meine hintere Hosentasche gesteckt hatte. Auf dem Heimweg tätigte ich einen kleinen Einkauf, wollte zahlen, griff nach meiner Geldbörse und zog eine unappetitliche, klebrige, senfdurchtränkte Breimasse hervor ... Nein, dergleichen sollte mir nie wieder passieren. Keine Schmuggelversuche. Deshalb rief ich Herrn Maiglock an den Tisch:

»Hätten Sie wohl die Freundlichkeit, diese Überbleibsel einzupacken? Für unseren Hund!«

Während ich mich noch über meine Idee freute, dass ich Franzi, unsere Hündin, als Tarnung vorgeschoben hatte, kam Herr Maiglock aus der Küche zurück. In der Hand trug er einen gewaltigen Plastikbeutel, im Gesicht ein freundliches Lächeln:

»Ich hab noch ein paar Knochen dazugetan«, sagte er.

Es müssen mindestens 15 Pfund Elefantenknochen gewesen sein, vermehrt um allerlei Leber- und Nierengewächs und was sich sonst noch an

Speiseresten in den Abfallkübeln des Restaurants Martin & Maiglock gefunden hatte.

Wir nahmen den Sack unter lebhaften Dankesbekundungen entgegen, leerten ihn zu Hause vor Franzi aus und flüchteten. Franzi verzehrte den anrüchigen Inhalt mit großem Appetit. Nur die Steaks ließ sie stehen.

Am folgenden Wochenende, um einiges klüger geworden, wollte ich es besser machen:

»Herr Maiglock, bitte packen Sie das übrig gebliebene Fleisch für unseren Hund ein. Aber geben Sie bitte nichts anderes dazu.«

»Warum nichts anderes?«, erkundigte sich Herr Maiglock. »In unserer Küche wimmelt es von Leckerbissen für Ihren vierbeinigen Liebling!«

Ich erklärte ihm die Sachlage:

»Unsere Franzi ist ein sehr verwöhntes Tier. Sie will nur Steaks haben. Nichts als Steaks. Vom Grill.«

An dieser Stelle mischte sich vom Nebentisch her ein lockiger Gelehrtenkopf ins Gespräch:

»Sie machen einen schweren Fehler, mein Herr. Sie verpassen dem armen Tier eine denkbar ungeeignete Nahrung.« Der Lockenkopf gab sich als Tierarzt zu erkennen und setzte, meiner Proteste nicht achtend, seinen Vortrag laut hörbar fort:

»Das Ungesündeste für einen Hund ist gegrilltes oder gebratenes Fleisch. Wahrscheinlich wird Ihr Hund daraufhin nicht mehr wachsen. Zu welcher Rasse gehört er?«

»Es ist ein Zwergpudel«, antwortete ich hämisch. »Und außerdem eine Hündin.«

Damit kehrte ich meinem Quälgeist den Rücken und bat Herrn Maiglock, die Steaks, wenn er uns denn unbedingt noch etwas anderes mitgeben wollte, gesondert zu verpacken.

Alsbald brachte Herr Maiglock die sorgfältig in Zeitungspapier eingewickelten Steaks.

»Was soll das?«, brüllte ich ihn an. »Haben Sie keinen Plastikbeutel?«

»Wozu?«, fragte Herr Maiglock.

Ich schwieg. Wie sollte ich diesem Idioten begreiflich machen, dass ich keine Lust auf Steaks hatte, an denen noch die Reste einer Zeitung klebten?

Auf der Heimfahrt schleuderte ich das Zeitungspaket zum Wagenfenster hinaus.

Aber so leicht gebe ich nicht auf. Am nächsten Samstag erschienen wir mit unserem eigenen Plastikbeutel, und der lockenköpfige Tierarzt musste in hilflosem Zorn mit ansehen, wie wir das schädliche Material in einwandfrei sauberer Verpackung forttrugen. Es reichte für drei Tage und drei Nächte. Wir hatten Steaks zum Abendessen, Steaks zum Mittagsmahl, Steaks zum Frühstück. Franzi lag daneben, beobachtete uns aufmerksam und verschmähte die ihr zugeworfenen Happen.

»Ephraim«, seufzte die beste Ehefrau von allen, als wir am Samstag wieder bei Martin & Maiglock Platz nahmen, »Ephraim, ich kann keine Steaks mehr sehen, geschweige denn essen.« Sie sprach mir aus der Seele, die Gute, aus der Seele und aus dem Magen. Auch die Kinder klatschten in die Hände, als wir Schnitzel bestellten. Und wir bestellten sie sicherheitshalber bei Herrn Martin.

Herr Maiglock ließ sich dadurch in keiner Weise beirren: Nach vollzogener Mahlzeit brachte er einen prall mit Steakresten gefüllten Plastiksack angeschleppt. »Für Franzi!«, sagte er.

Von da an hatten wir jeden Samstag das Problem, wie wir die Fleischreste loswerden sollten. Man kann ja auf die Dauer nicht durch die Stadt fahren und Fleischspuren hinter sich lassen.

Endlich hatte ich den erlösenden Einfall. Kaum saßen wir an unserem Samstagmittagstisch, wandte ich mich mit trauriger Miene und ebensolcher Stimme an Herrn Maiglock:

»Bitte keine Steaks mehr. Franzi ist tot.«

In tiefem Mitgefühl drückte mir Herr Maiglock die Hand.

Am Nebentisch aber erhob sich der Hundefutterfachmann und stieß einen empörten Schrei aus:

»Sehen Sie! Ich hatte Sie gewarnt! Jetzt haben Sie das arme Tier umgebracht!«

Rafi, unser Ältester, murmelte etwas von einem Verkehrsunfall, dem Franzi zum Opfer gefallen sei, aber das machte die Sache nicht besser. Die Stimmung war gegen uns. Wir schlangen unsere Mahlzeit hinunter und schlichen mit gesenkten Köpfen davon. Auf dem Heimweg fühlten wir uns wie eine Bande von Mördern. Wäre Franzi tot auf der Schwelle unseres Hauses gelegen – es hätte uns nicht überrascht.

Zum Glück empfing sie uns mit fröhlichem Gebell, wie immer. Es war alles in bester Ordnung.

Aber wir gingen nicht mehr zu Martin & Maiglock und lebten friedlich dahin, unbeschwert von Steakproblemen jeglicher Art. Es gibt ja auch noch andere Restaurants als Martin & Maiglock.

Papi als Schwimmlehrer

Mein Sohn Amir steht am Rand des Schwimmbeckens und heult. »Komm ins Wasser!«, rufe ich.

»Ich hab Angst!«, ruft er zurück.

Seit einer Stunde versuche ich, meinen kleinen Rotschopf ins Wasser zu locken, damit ihn Papi im Schwimmen unterweisen kann.

Aber er hat Angst. Er heult vor lauter Angst. Auch wenn sein Heulen noch nicht die höchste Lautstärke erreicht hat – bald wird es so weit sein, ich kenne ihn.

Ich kenne ihn und bin ihm nicht böse. Nur allzu gut erinnere ich mich, wie mein eigener Papi versucht hat, mir das Schwimmen beizubringen, und wie ich heulend vor Angst am Rand des Schwimmbeckens stand. Mein Papi ist damals recht unsanft mit mir umgegangen.

Aber ich will meinem Sohn nichts aufzwingen, wozu er keine Lust hat. Er soll den entscheidenden Schritt von selbst tun.

»Komm her, mein Kleiner«, flöte ich. »Komm her und sieh selbst. Das Wasser reicht dir kaum bis zum Nabel und Papi wird dich festhalten. Es kann dir nichts geschehen.«

»Ich hab Angst.«

»Alle anderen Kinder sind im Wasser und spielen und schwimmen und lachen. Nur du stehst da und weinst. Warum weinst du?«

»Weil ich Angst hab.«

»Bist du denn schwächer oder dümmer als andere Kinder?«

»Ja.«

»Wovor hast du Angst, Amirlein?«

»Vor dem Ertrinken.«

»Wie kann man in diesem seichten Wasser ertrinken?«

»Wenn man Angst hat, kann man.«

»Nein, nicht einmal dann.« Ich versuche, es ihm zu erklären: »Der menschliche Körper hat ein spezifisches Gewicht, weißt du, und schwimmt auf dem Wasser. Ich zeig's dir.« Papi legt sich auf den Rücken und bleibt gemächlich liegen. Das Wasser trägt ihn. Mitten in diesem lehrreichen und überzeugenden Beweis springt irgendein Idiot dicht neben mir ins Wasser. Die aufspritzenden Wellen überschwemmen mich, ich schlucke Wasser, mein spezifisches Gewicht zieht mich abwärts, und mein Sohn heult jetzt bereits im dritten Gang.

Nachdem ich nicht ohne Mühe wieder hochgekommen bin, wende ich mich an den Badewärter, der den Vorgang gleichmütig beobachtet hat.

»Bademeister, bitte sagen Sie meinem kleinen Jungen, ob hier im Kinderschwimmbecken jemand ertrinken kann.«

»Selbstverständlich«, antwortet der Bademeister. »Und wie!« So sieht die Unterstützung aus, die man von einem Bademeister bekommt, der doch helfen sollte, Kindern die Angst zu nehmen. Ich bin wieder einmal ganz auf mich selbst angewiesen.

»Ich mach dir einen Vorschlag, Amir. Du gehst ins Wasser, ohne dass ich dich anrühre. Du gehst so lange, bis dir das Wasser an die Knie reicht. Wenn du willst, gehst du weiter. Wenn du nicht weitergehen willst, bleibst du stehen. Wenn du nicht stehen bleiben willst, steigst du aus dem Wasser. Gut?«

Amir nickt, heult und macht ein paar zögernde Schritte ins Wasser hinein. Noch ehe es ihm bis an die Knie reicht, dreht er sich um und steigt aus dem Wasser, um sein Geheul am Land wieder aufzunehmen. Dort heult sich's ja auch leichter.

»Mami!«, heult er. »Mami!«

Das macht er immer. Wenn ich ihn erziehen will, heult er nach Mami. Gleichgültig ob sie ihn hören kann oder nicht. »Wenn du nicht sofort ins Wasser kommst, Amir, gibt's heute kein Fernsehen.«

War ich zu streng mit dem Kleinen? Er heult und rührt sich nicht. Er rührt sich nicht und heult.

Ich mache einen weiteren Versuch.

»Es ist doch ganz einfach, Amir. Du streckst die Arme aus und zählst. Eins-zwei-drei. Schau, ich zeig's dir. Eins-zwei-dr...« Es ist klar, dass man nicht gleichzeitig schwimmen und zählen kann. Niemand hat mich das gelehrt. Außerdem bin ich kein Schwimmer, sondern ein Schriftsteller. Ich kann ja auch nicht gleichzeitig schwimmen und schreiben. Kein Mensch kann das, also bin ich untergegangen.

Mittlerweile hat sich Amir in die höchsten Töne gesteigert und röhrt drauflos, umringt von einer schaulustigen Menge, die mit Fingern auf seinen Vater weist. Ich springe aus dem Wasser und verfolge ihn rund um das Schwimmbecken. Endlich erwische ich ihn und zerre ihn ins Wasser. Dem Balg werde ich noch beibringen, wie man freiwillig schwimmen lernt!

»Mami!«, brüllt er. »Mami, ich hab Angst!«

Das alles kommt mir irgendwie bekannt vor. Hat mich nicht auch mein eigener Vater ins Wasser gezerrt? Hab nicht auch ich verzweifelt nach meiner Mami gerufen? So ist das Leben. Alles wiederholt sich.

»Will nicht ins Wasser!«, heult mein Sohn. »Will Mami!«

Ich halte ihn auf beiden Armen, etwa einen halben Meter über dem Wasser, und schenke seiner Behauptung, dass er ertrinkt, keinen Glauben.

»Eins – zwei – drei«, kommandiere ich. »Schwimm!«

Er folgt meinen Anweisungen, wenn auch heulend. Ein Anfang ist gemacht. Aber da ich ihn nicht das Fliegen lehren will, sondern das Schwimmen, muss ich ihn wohl oder übel mit dem Wasser in Berührung bringen. Vorsichtig senke ich meine Arme abwärts. Amir beginnt zu strampeln und schlägt wild um sich. Von Schwimmbewegungen keine Spur.

»Schwimm!«, höre ich mich brüllen. »Eins-zwei-drei!«

Jetzt hat er mich gebissen. Er beißt den eigenen Vater, der für ihn sorgt und ihm nichts als Liebe entgegenbringt. Zum Glück bin ich noch immer stärker als er. Ich zwänge seine Hüften in die eiserne Umklammerung meiner starken Schenkel, sodass sein Oberkörper auf der Wasserfläche liegt, und vollführe mit seinen Armen die vorgeschriebene Eins-zwei-drei-Bewegung.

Eines Tags wird er's mir danken. Eines Tags wird er wissen, dass er ohne meine Fürsorge und meine engelsgleiche Geduld niemals die Wasser beherrscht hätte. Eines Tags wird er mich dafür lieben.

Vorläufig tut er nichts dergleichen. Im Gegenteil, er schlägt seine verhältnismäßig freien Fersen unablässig in meinen Rücken. Vorne heult er, hinten tritt er. Einst war auch mein Vater zwischen den starken Schenkeln meines Großvaters eingeklemmt und hat es überstanden. Auch du wirst es überstehen, mein Sohn, das verspreche ich dir.

Durch den Lautsprecher schallt die Stimme des Bademeisters:

»Sie dort! Ja, Sie! Lassen Sie den Kleinen in Ruh! Sie bringen das Kind ja in Lebensgefahr!«

Ich steige mit Amir ans Ufer, lasse ihn brüllen und springe mit elegantem Schwung in die kühlen Wogen zurück, mit einem ganz besonders eleganten Schwung, der mich kühn über die aus dem Wasser herausragenden Köpfe hinwegträgt ... weit hinaus in das Schwimmbecken ... dorthin, wo es am seichtesten ist ...

Die Wiederbelebungsversuche des Badewärters hatten Erfolg. »Unglaublich«, sagt er, indem er meine Arme sinken lässt. »Und Sie wollen einem Kind das Schwimmen beibringen.«

Das Wunderkind

Ich liebe es, auf Parkbänken zu sitzen, aber nur im Winter. Denn da sich während der kalten Monate nur ein Irrsinniger ins Freie setzen würde, kann ich in Ruhe meine Kreuzworträtsel lösen und vielleicht ein wertvolles Buch gewinnen, ohne dass mich jemand stört. So saß ich auch gestern wieder im Dezembersonnenschein auf meiner Bank und hoffte, dass mich niemand ansprechen würde.

Gerade als ich dabei war, 7 links senkrecht einzutragen, näherte sich mir von rechts waagrecht ein Mann, blieb stehen, wandte sich zu mir und fragte:

»Ist hier frei?«

Mein »Ja« war kurz und alles eher als einladend, aber das hinderte den Störenfried nicht, sich auf das andre Ende der Bank niederzulassen. Ich vertiefte mich deutlich in mein Kreuzworträtsel, wobei ich durch gerunzelte Brauen anzudeuten versuchte, dass ich in meiner verantwortungsvollen Arbeit nicht gestört zu werden wünschte.

Der Mann neben mir kümmerte sich nicht darum, mit einer einzigen, offenkundig geübten

Handbewegung schob er mir ein halbes Dutzend Fotos von Postkartengröße, einen Knaben darstellend, unter die Nase:

»Egon wird übermorgen sechs Jahre«, erzählte er mir dabei. Pflichtschuldig überflog ich die sechs Bilder, lächelte milde über das eine, auf dem Egon die Zunge herausstreckte, und gab die Bilder an den Besitzer zurück. Dann vertiefte ich mich wieder in mein Kreuzworträtsel. Aber ich ahnte, dass unser Gespräch damit noch nicht zu Ende war. Und da kam es auch schon:

»Ganz wie Sie wollen«, sagte der Mann und rief dem in einiger Entfernung herumtollenden Knaben durch den Handtrichter zu:

»Egon, komm schnell her. Der Herr möchte mit dir sprechen.« Egon kam widerwillig herangeschlurft und blieb vor der Bank stehen, die Hände mürrisch in den Hosentaschen. Sein Vater sah ihn mit mildem Tadel an:

»Nun? Was sagt man, wenn man einen fremden Herrn kennen lernt?«

Egon, ohne mich auch nur eines Blickes zu würdigen, antwortete:

»Ich habe Hunger.«

»Das Kind lügt nicht«, wandte sich der Vater erklärend an mich. »Wenn Egon sagt, dass er Hunger hat, dann hat er Hunger, da können Sie Gift darauf nehmen.«

Ich sagte ihm, dass ich das glauben würde, und fragte den stolzen Erzeuger, warum er mir die Fotos gezeigt hätte, obwohl das Modell in der Nähe war.

»Die Fotos sind ähnlicher«, lautete die väterliche Antwort. »Egon ist in letzter Zeit ein wenig abgemagert.«

Ich brummte etwas Unverständliches und schickte mich an, die Bank und sicherheitshalber auch den Park zu verlassen. Mein Nachbar hinderte mich an diesem Plan. »Das Kind hat ein tolles Talent für Rechnen«, raunte er mir hinter vorgehaltener Hand aus dem Mundwinkel zu, sodass Egon nichts davon hören und sich nichts darauf einbilden konnte. »Er geht erst seit ein paar Monaten in die Schule, aber der Lehrer hält ihn schon jetzt für ein Wunderkind ... Egon, sag dem Herrn eine Zahl.«

»1032«, sagte Egon.

»Eine andre. Eine höhere.«

»6527.«

»Also bitte, haben Sie so etwas schon erlebt? Im Handumdrehen! Und dabei ist er erst sieben Jahre alt! Unglaublich, wo er diese hohen Zahlen hernimmt. Und das ist noch gar nichts. Egon, sag dem Herrn, er soll an eine Zahl denken!«

»Nein«, sagte Egon.

»Egooon! Du wirst den Herrn bitten, an eine Zahl zu denken!«

»Denken Sie an eine Zahl«, grunzte Egon gelangweilt.

Jetzt machte mein Nachbar wieder von der vorgehaltenen Hand und vom Mundwinkel Gebrauch:

»Drei! Bitte denken Sie an drei!« Dann hob er den Finger und wandte sich an seinen Sohn: »Und jetzt werden wir den Herrn bitten, die Zahl, die er sich gedacht hat, mit zehn malzunehmen, nicht wahr, Egon?«

»Meinetwegen.«

»Was heißt ›meinetwegen‹? Sprich anständig und in ganzen Sätzen.«

»Nehmen Sie die Zahl, die Sie sich gedacht haben, mit zehn mal«, leierte Egon den vorgeschriebenen Text herunter.

»Weiter«, ermahnte ihn sein Vater.

»Dann teilen Sie die neue Zahl durch fünf, halbieren Sie die Zahl, die Sie dann bekommen – und das Resultat ist die Zahl, an die Sie zuerst gedacht haben.«

»Stimmt's?«, fragte mein Nachbar, zitternd vor Aufregung; und als ich bejahend nickte, kannte seine Freude keine Grenzen. »Aber wir sind noch nicht fertig! Egon, sag jetzt dem Herrn, an welche Zahl er gedacht hat.«

»Weiß ich nicht.«

»Egon!«

»Sieben?«, fragte das Wunderkind.

»Nein!«

»Eins?«

»Auch nicht!«, brüllte der enttäuschte Papa. »Konzentrier dich!«

»Ich konzentrier mich ja.« Der Kleine begann zu weinen. »Aber woher soll ich denn wissen, an welche Zahl ein fremder Mann denkt?«

Mit der Selbstbeherrschung des Vaters war es vorbei:

»Drei!« Seine Stimme überschlug sich. »Drei, drei, drei! Wie oft soll ich dir noch sagen, dass die Leute immer an drei denken?!«

»Und wenn schon«, quakte das gepeinigte Kind. »Was gehen mich Zahlen an? Immer nur Zahlen, immer nur Zahlen! Wer braucht das?«

Aber da hatte mein Nachbar ihn schon am Kragen und beutelte ihn in erhabenem Vaterzorn.

»Was sagen Sie dazu?«, keuchte er unter Verzicht auf Mundwinkel und vorgehaltene Hand. »Haben Sie schon jemals ein achtjähriges Kind gesehen, das sich nicht einmal eine einzige Ziffer merken kann? Gott hat mich hart geschlagen …«

Damit machte er sich davon, den heulenden

Egon hinter sich herziehend. Ich sah ihm nach, bis seine gramgebeugte Gestalt im winterlichen Mittagssonnenschein verschwand.

Ein Hund springt in die Küche

Von einem Tag zum anderen interessierte sich Franzi, unsere Hündin, plötzlich für ihre männlichen Kollegen. Sie sprang am Fenster hoch, wenn draußen einer vorbeiging, wedelte hingebungsvoll mit dem Schwanz, und manchmal winselte sie sogar. Und siehe da: Draußen vor dem Fenster versammelten sich nach und nach sämtliche männlichen Hunde der Umgebung, wedelnd und winselnd. Und Zulu, der riesige Schäferhund, der am anderen Ende der Straße lebt, sprang sogar eines Tages durch das offene Küchenfenster ins Haus. Wir mussten ihn mit Gewalt vertreiben. Verzweifelt wandten wir uns an Dragomir, den international bekannten Hundetrainer aus Jugoslawien. Er klärte uns auf:

»Warum Sie aufgeregt? Hündin ist läufig.«

»Hündin ist was?«, fragte ahnungslos die beste Ehefrau von allen. »Wohin will sie laufen?«

»Ganz einfach«, meinte Dragomir. »Zu Hund. Hündin braucht Mann.«

Nun wussten wir also Bescheid.

Die Zahl von Franzis Verehrern vor unserem Haus wuchs ständig. Wenn wir auf die Straße wollten, konnten wir uns nur noch mit dem Besen einen Weg bahnen.

»Papi«, sagte mein Sohn Amir, »warum lässt du sie nicht hinaus?«

»Franzi ist noch viel zu jung«, antwortete ich ihm.

Währenddessen stand Franzi am Fenster, wedelte mit dem Schwanz und schaute sehnsüchtig zu der Hundeschar hinunter. Sie fraß nicht mehr, sie trank nicht mehr, sie schlief nicht mehr. Da beschlossen wir, Franzi zu retten. Wahrscheinlich lag es an ihrem wunderschönen, silbergrauen, langhaarigen Fell, dass die Hunde wie verrückt nach ihr waren. Wir mussten sie scheren lassen.

Am nächsten Tag kamen zwei Männer, kämpften sich durch die Hundehorden, die unseren Garten besetzt hielten, hindurch und nahmen Franzi mit sich. Franzi wehrte sich wie eine Minilöwin. Ihre Verehrer bellten und tobten und rannten noch kilometerweit hinter dem Wagen her, in dem Franzi saß.

Am Tag darauf brachte man uns Franzi wieder. Aber das war nicht mehr unsere Franzi. Sie hatte fast keine Haare mehr und sah aus wie eine nackte rosafarbene Maus. Franzi selbst war höchst unzufrieden mit sich. Sie sprach kein Wort mit uns, sie wedelte nicht, sie starrte reglos zum Fenster hinaus.

Mit Franzi kamen auch die Hundescharen zurück. Das Gebelle und Gejaule war schlimmer als zuvor. Es waren jetzt nicht mehr nur die Hunde unseres Wohnviertels, alle Hunde kamen. Sogar zwei Eskimohunde waren darunter; sie mussten sich von ihrem Schlitten losgerissen haben und waren direkt vom Nordpol herbeigeeilt.

Einer der wildesten Verehrer riss mit seiner mächtigen Tatze unsere Türklinke ab. Da riefen wir die Polizei an. Aber wir bekamen keine Verbindung.

Rafi, mein ältester Sohn, schlug vor, die Sträucher im Garten anzuzünden. Vielleicht würden die Hunde dann weglaufen. Aber um das zu tun, hätten wir das Haus verlassen müssen, und das trauten wir uns nicht.

Plötzlich stand Zulu mitten in der Küche. Er musste den Weg über das Dach genommen haben. Während ich versuchte, ihn mit Gewalt aus unserer Küche zu vertreiben, suchte meine Familie Deckung hinter den umgestürzten Möbeln. Endlich hatte ich es geschafft. Zulu verschwand.

Und mit einem Mal hörte auch das Bellen auf. Alle Hunde waren verschwunden.

Vorsichtig steckte ich den Kopf zur Türe hinaus. Alles blieb ruhig. Allem Anschein nach war ein Wunder passiert.

Jetzt ist alles wieder beim Alten. Aus Franzi, der rosafarbenen Maus, ist wieder eine Hündin mit weißem Fell geworden, die sich nur für Menschen interessiert. Für die Hunde der Nachbarschaft hat sie kein Auge mehr.

Woher allerdings die kleinen Schnauzer-Babys kommen, die Franzi gestern geworfen hat, wissen wir auch nicht.

Ein Schnuller mit dem Namen Zezi

Obwohl Renana schon längst kein Baby mehr ist, will sie noch immer nicht vom Schnuller lassen. Das hält uns jede Nacht wach, umso wacher, als Renana nicht am Schnuller im Allgemeinen hängt, sondern an einem besonderen Schnuller mit dem Namen Zezi. Zezi schaut genauso aus wie jeder andere Schnuller, aber unser rothaariges Töchterchen weigert sich, einen anderen Schnuller auch nur anzurühren.

»Zezi!«, ruft sie, »Zezi!«, schreit sie, »Zezi!«, brüllt sie. Und noch einmal »Zezi!«.

Schon nach dem ersten »Zezi!« geht die gesamte Familie in die Knie und sucht auf allen vieren nach dem gewünschten Zezi. Wenn Zezi endlich gefunden ist, beruhigt sich Renana in Sekundenschnelle und lutscht gemütlich an Zezis gelbem Mundstück, umlagert von ihrer völlig erschöpften Familie.

Mit Zezi ist alles in Ordnung, ohne Zezi bricht die Hölle los. Wenn wir uns einmal dazu aufraffen, den Abend anderswo zu verbringen, verfällt die beste Ehefrau von allen beim geringsten Telefonsignal in ängstliches Zittern: Sicherlich ruft jetzt der Babysitter an, um uns mitzuteilen, dass Zezi unauffindbar und Renanas Gesicht bereits purpurrot angelaufen ist. In solchen Fällen werfen wir uns sofort ins Auto, sausen mit Schallgeschwindigkeit heimwärts – und müssen den Babysitter dann meistens unter vielen umgestürzten Möbelstücken hervorziehen.

Was etwa geschehen würde, wenn Zezi endgültig verloren ginge, wagen wir nicht zu bedenken.

Nur überlegen wir uns dauernd, wieso Renana weiß, dass Zezi Zezi ist.

Eines Nachmittags, während Renana schlief, eilte ich mit dem geheiligten Schnuller in die Apotheke, wo wir ihn gekauft hatten, und verlangte ein genau gleiches Exemplar, gleiche Farbe, gleiche Größe, gleiches Herstellungsjahr. Ich erhielt ein perfektes, von Zezi in keiner Weise unterscheidbares Gegenstück, eilte nach Hause und überreichte es Renana.

Ihre kleinen Patschhändchen griffen danach und schleuderten es im Bogen durch die Luft:

»Das hier kein Zezi! Will Zezi haben! Zezi!!«

Renanas geplagte Mutter vertrat die Ansicht, der feinen Nase des Kleinkinds wäre ein Unterschied im Geruch aufgefallen, der durch Zezis

Abnützung entstanden sei. Nie werde ich das Gesicht des Apothekers vergessen, als ich eine größere Menge gebrauchter Schnuller verlangte. Es war ein durchaus abweisendes Gesicht. Uns blieb nichts anderes übrig, als eine Anzahl Schnuller künstlich selber altern zu lassen. Wir erstanden die nötigen Mittel, tauchten einen Probeschnuller ein und warteten, bis er die grünliche Farbe Zezis annahm.

Renana entdeckte den Schwindel jedoch sofort und brüllte nach Zezi.

Als wir eines Abends in der Oper saßen, kam während der Vorstellung, an einer besonders leisen Stelle, der Platzanweiser herangeschlichen und flüsterte in die Dunkelheit:

»Pst! Schnuller! Pst! Schnuller!«

Wir wussten, wen er meinte, wir wussten, dass Großmutti angerufen hatte, wir kümmerten uns nicht um die Empörung und die leisen Schmerzensrufe unserer Sitznachbarn, denen wir auf die Füße stiegen, wir sausten nach Hause und fanden die alte Oma schwer atmend in einem Sessel. Zezi war spurlos verschwunden. Der weich gepolsterte Behälter, den wir eigens für Zezi eingerichtet hatten, war leer.

Großmama hatte schon überall nachgeschaut. Erfolglos. Auch wir schauten überall nach. Ebenso erfolglos. Jemand musste Zezi gestohlen haben.

Unser erster Verdacht fiel auf den Milchmann, der kurz vor Großmamas Ankunft erschienen war, um sich zu erkundigen, wie viele Flaschen wir über die nahenden Feiertage brauchen würden.

Die beste Ehefrau von allen zauderte nicht, ihn trotz der späten Nachtstunde anzurufen:

»Huber – haben Sie vielleicht einen Schnuller mitgenommen?«

»Nein«, antwortete Huber, »ich nehme keine Schnuller mit.«

»Er lag in einem Körbchen links neben dem Laufstall und jetzt liegt er nicht mehr dort.«

»Das tut mir Leid für ihn. Und was die Milch betrifft, so bleibt's bei 23 Flaschen am Mittwoch, richtig?«

Das war zwar richtig, nützte uns aber nichts. Unser Verdacht wuchs. Wir überlegten, ob wir einen Detektiv mit weiteren Nachforschungen betrauen sollten, oder besser vielleicht einen Hellseher, als plötzlich eine der nervösen Handbewegungen meiner Frau in der Ritze ihres Sessels auf den vermissten Edelschnuller stieß. Wie er dort hingekommen war, bleibt ein Rätsel.

Wir fragten unseren Elektriker, ob es vielleicht ein Instrument zur Auffindung versteckter Schnuller gäbe, aber so etwas gab es nicht.

Unser Nachbar, der wegen Renanas häufigem Gebrüll nicht mehr schlafen konnte, empfahl uns, einen Polizeihund zu kaufen, der den verschwundenen Schnuller immer wieder aufspüren könnte. Der Nachbar von oben, der auch immer geweckt wurde, meinte, dass wir ein Alarmgerät an Zezi befestigen könnten, das immer »blip, blip« machen würde, und wir selbst überlegten, ob wir nicht eine ganz dicke Eisenkette um Zezi legen könnten.

Nachdem wir hin und her überlegt hatten, fanden wir alle diese Mittel nicht so gut.

»Ephraim«, informierte mich die beste Ehefrau von allen, »ich werde verrückt.«

In den folgenden Nächten fuhr sie immer wieder schreiend aus dem Schlaf. Bald träumte sie, dass ein Lämmergeier mit Zezi im Schnabel davongeflogen wäre, bald hatte sich Zezi selbst, wie in einem Zeichentrickfilm, mit lustigen Sprüngen entfernt, hopp – hopp – hopp.

In einer dunklen, sturmgepeitschten Neumondnacht entdeckten wir endlich Zezis Geheimnis.

Anfangs verlief alles normal. Punkt sieben traten meine Frau und meine Schwiegermutter an den Stahltresor heran, in dem wir mittlerweile den Schnuller aufbewahrten, stellten die doppelt gesicherten Kombinationen ein, öffneten den schweren Schrank mit Schlüssel und Gegenschlüssel und holten Zezi hervor. Renana, in der Wiege liegend, nahm Zezi zwischen die Lippen, lächelte zufrieden und schloss die Augen. Wir entfernten uns auf Zehenspitzen.

Ein unerklärlicher Drang trieb mich zur Tür zurück und hieß mich durchs Schlüsselloch schauen.

»Weib!«, flüsterte ich. »Komm her! Rasch!«

Mit angehaltenem Atem sahen wir, wie Renana vorsichtig aus ihrer Wiege kletterte, zu einem Sessel watschelte und Zezi im Schlitz zwischen Kissen und Lehne verschwinden ließ. Dann kehrte sie in die Wiege zurück und begann, mörderisch zu brüllen.

Das Gefühl der Erlösung, das uns überkam, lässt sich nicht schildern. Renana war nicht im Mindesten auf ihren Schnuller angewiesen. Sie war ganz einfach darauf aus, uns zu ärgern.

Ephraim Kishon

Der quergestreifte Kaugummi

Inhalt

Wie man Pyjama-Fische züchtet

An einem Donnerstagabend waren wir bei Stocklers eingeladen. Gleich beim Betreten ihrer Wohnung sahen wir es: Überall standen traumhaft schöne Aquarien herum, die von innen farbenprächtig beleuchtet waren und deren kleine Bewohner sich offenkundig so wohl fühlten wie Fische im Wasser.

»Diese Fische haben meinem Leben einen neuen Sinn gegeben«, erklärte uns Herr Stockler. »Ihr ahnt ja nicht, wie beruhigend es ist, sich einfach hinzusetzen und diese kleinen Geschöpfe anzuschauen ... nur anzuschauen ... nichts weiter ...« Wir setzten uns einfach hin und schauten die kleinen Geschöpfe an, nichts weiter. Im zweiten Aquarium von rechts entdeckten wir einen ungewöhnlich schönen Fisch, dessen Schuppen in allen Regenbogenfarben glitzerten.

»Der da?«, meinte Herr Stockler und machte eine verächtliche Handbewegung. »Das ist eine ganz billige Sorte. Jeder, der sie hat, will sie loswerden.«

»Warum denn?«, fragte meine Frau verständnislos. »Er ist doch wunderschön.«

»Weil es so kindisch einfach ist, sie zu züchten! Aber diese da«, meinte Herr Stockler und zeigte auf ein paar reizlose, unscheinbare Fische in einem anderen Behälter, »das sind die berühmten Pyjama-Fische. Nur die wenigsten Leute wissen, wie man ihn züchtet.«

Nach und nach erfuhren wir, dass Stockler jeden einzelnen Fisch in seiner Wohnung persönlich großgezogen hatte, worauf er mit Recht sehr stolz war. Er erzählte uns auch, dass er jetzt sogar die beste Tierhandlung der Stadt mit seinen Fischen versorgte. Damit verdiene er immerhin zweihundert Mark die Woche.

Als ich das hörte, begannen mir die Fische zu gefallen. Fische zu züchten schien ein sehr einträgliches Hobby zu sein. Warum sollte ich es nicht auch versuchen?

»Machen Ihnen die Fische denn nicht sehr viel Arbeit?«, erkundigte ich mich neugierig.

»Arbeit?«, meinte Herr Stockler überrascht. »Aber nein! Ich brauche jeden Tag höchstens fünf Minuten, um die Tierchen zu versorgen. Und vermehren tun sie sich von alleine. In den nächsten Tagen rechne ich mit etwa tausend kleinen, jungen Fischen.«

Stockler hatte mich überzeugt. Schon am nächsten Tag ging ich in die beste Tierhandlung der Stadt und kaufte dort ein Aquarium. Selbstverständlich auch einen Filter zur Reinigung des Wassers, Schlingpflanzen und Algen und eine Heizung, denn die Fische sollten sich ja wohl fühlen. Und natürlich Würmer, denn die fressen sie am liebsten.

Entsetzt sah meine Frau mich an.

»Das darf dich nicht stören«, tröstete ich sie. »Auch die Eskimos essen Würmer. In China gelten sie sogar als Delikatesse. Ich meine die Würmer, nicht die Eskimos.«

Meine Frau ließ sich nicht besänftigen. Irgendwie musste ich ihr sogar Recht geben. Schön sahen sie nicht aus, diese länglichen roten Fleischnudeln, die sich ununterbrochen krümmten und ununterbrochen gar nicht gut rochen.

Ich kaufte sie trotzdem. Unsere Fische sollten es gut bei uns haben.

Als wir aus dem Laden gehen wollten, erinnerte uns der freundliche Tierhändler daran, dass es eigentlich üblich sei, auch Fische zu kaufen, wenn man schon ein Aquarium und Würmer besaß. Unser Geld reichte gerade noch für zwei Pyjama-Fische. Der Tierhändler holte zwei Fische aus ihrem Behälter, tat sie in ein Glas und überreichte es uns.

»Sie sind leicht zu unterscheiden. Das Weibchen ist immer etwas größer als das Männchen«, erklärte er uns.

Wir prüften unser Paar und stellten fest, dass sie beide absolut gleich groß waren.

»Das gibt es schon mal«, lachte der Tierhändler. »Es ist eben ein besonders fettes Männchen und ein besonders mageres Weibchen. Aber keine Sorge … Sie werden viel Freude an dem Pärchen haben … und viele kleine Pyjamas bekommen.«

Zu Hause bauten wir alles genau nach Gebrauchsanweisung zusammen.

Wo aber sollten wir die Würmer unterbringen? Der Tierhändler hatte empfohlen, sie im Kühlschrank aufzubewahren. Aber in diesem Punkt ließ meine Frau nicht mit sich handeln. Sie drohte sogar mit Hungerstreik. Also kamen die Würmer ins Bad. Am nächsten Morgen standen wir frühzeitig auf, denn wir konnten es kaum erwarten. Wir setzten uns einfach hin und schauten die kleinen Geschöpfe an, nichts weiter. Nach einiger Zeit fiel uns auf, dass sie sich überhaupt nicht bewegten. Sie lagen auf dem Boden des Aquariums, mit den Bauchflossen nach oben. Unsere Fische waren tot. Wir hatten vergessen, nachts die Heizung abzustellen.

Also ging ich wieder in die Tierhandlung und kaufte sechs neue Pyjama-Fische. Abends saß ich glücklich vor meinem Aquarium und wartete auf Nachwuchs.

So ging es einige Wochen. Dann passierte wieder ein kleines Missgeschick. Eines Morgens waren unsere Pyjamas mit einem weißen Punktmuster übersät und kratzten sich wie verrückt. Am nächsten Morgen waren sie tot.

Wieder ging ich in die Tierhandlung. Diesmal verriet mir der freundliche Besitzer:

»Sie müssen die Paare getrennt unterbringen. Jedes in einem eigenen Behälter, sonst vermehren sie sich nicht.« Ich kaufte also vier neue Behälter. Dann wartete ich wieder einige Wochen, aber die Pyjamas vermehrten sich nicht. Mein Freund Stockler beschwor mich, nicht aufzugeben, und gab mir wertvolle Tipps. Zum Beispiel sollte ich zwei Teelöffel feines Tafelsalz ins Wasser mischen. Ich mischte. Nichts rührte sich.

Nur ein salzempfindlicher Pyjama biss mich in den Finger. Ich folgte seinem Rat und versuchte es mit kleinen farbigen Glasstückchen, die ich auf dem Grund des Aquariums verstreute. Die Pyjamas spielten mit dem bunten Glas und freuten sich sehr. Sonst passierte nichts.

Eines Tages brach sich Stockler ein Bein. Er war auf eine Bananenschale getreten. Ich besuchte ihn an einem der nächsten Abende. Als ich seine von neugeborenen Pyjamas überquellende Wohnung sah, verzweifelte ich fast.

»Stockler«, flehte ich, »lieber, lieber Stockler.

Verraten Sie mir doch Ihr Geheimnis. Was muss man tun, damit sich die Pyjamas vermehren?«

Stockler sah mich lange an. Endlich sagte er:

»Gehen Sie nach Hause und lösen Sie die Schale einer halb verfaulten Banane in Benzin auf. Lassen Sie die Flüssigkeit verdampfen, warten Sie, bis der Rest getrocknet ist, und verreiben Sie ihn zu feinem Pulver. Davon geben Sie zwei gehäufte Teelöffel ins Wasser …«

Ich sauste los. Als ich bei der besten Tierhandlung der Stadt vorbeikam, waren die Rollläden bereits heruntergelassen. Ich stürzte zur Hintertür. Sie war geschlossen. Durch das Guckloch konnte ich den Tierhändler sehen. Er griff gerade in eine große Kiste und holte kleine Nylonsäckchen heraus. Und was in den kleinen Nylonsäckchen wimmelte, waren lauter kleine Pyjamas.

Ich warf mich gegen die Tür. Sie barst. Erschreckt starrte der Tierhändler mich an.

»Ich … ich kann nichts dafür«, stammelte er. »Wer weiß denn schon, wie sich diese verdammten Pyjamas vermehren … Aber in Hamburg, da gibt es ein Versandhaus, das liefert in die ganze Welt. Auch an mich. Und erst gestern hat Herr Stockler zweihundertundfünfzig junge Fische bei mir gekauft. Wenn Sie wollen … Geben Sie mir fünfundzwanzig Euro … Ich sag's keinem Menschen, ehrlich …«

Das also war Stocklers Geheimnis. Selbstverständlich kaufte ich gleich die ganze Kiste.

Wenige Tage später besuchte mich Stockler. Ich fiel ihm um den Hals.

»Ich danke Ihnen, mein Freund. Die Bananen-Benzin-Mischung hat Wunder gewirkt!«

Stockler stand sprachlos. Sein Blick wanderte langsam über die sechzehn Aquarien, in denen sich Unmengen munterer Pyjamas tummelten. Plötzlich begannen seine Augenbälle wild zu rollen und dann stürzte er davon.

Seit diesem Tag bin ich der bekannteste Fischzüchter in unserer Stadt, ein Fachmann sozusagen. Allerdings – Herr Stockler spricht nicht mehr mit mir.

Kaffeetassen für Linkshänder

Mein Freund Jossele und ich saßen im Kaffeehaus und starrten trübe in unsere Tassen. Plötzlich schob Jossele missmutig seine Tasse von sich.

»Warum«, fragte er, »warum erfindet man nicht endlich Kaffeetassen für Linkshänder? Mit dem Griff an der linken Seite der Tasse? Das wäre doch ganz einfach.«

»Du weißt, wie die Menschen sind«, erinnerte ich ihn. »Gerade das Einfache interessiert sie nicht.«

»Seit fünftausend Jahren machen sie die gleichen langweiligen Trinkgefäße. Ob ihnen jemals eingefallen wäre, den Griff innen anzubringen, damit das glatt gerundete Äußere nicht verschandelt wird?«

»Niemals wäre ihnen das eingefallen. Niemals!«, erwiderte ich überzeugt.

»Immer nur die sture Routine.« Jossele hob seine ganz normale Tasse widerwillig an die Lippen und nahm einen Schluck. »Keine Beziehung zu etwas Neuem, kein Gefühl für die kleinen feinen Unterschiede. Denk doch nur an die Nähnadeln! Pro Stunde stechen sich auf der Welt mindestens hunderttausend Menschen in den Finger. Wenn sich die Nähnadelhersteller entschließen könnten, Nadeln mit Ösen an *beiden* Enden zu erzeugen, würde viel weniger Blut fließen.«

»Richtig. Aber sie haben eben keine Fantasie. Nimm zum Beispiel die Kammfabrikanten. Die erzeugen ja auch keine zahnlosen Kämme für Glatzköpfige.«

»Lass den Unsinn. Manchmal bist du wirklich kindisch!«

Ich verstummte. Wenn man mich kränkt, dann verstumme ich. Mein Freund Jossele fuhr fort, mich zurechtzuweisen:

»Du hast nichts als dummes Zeug im Kopf. Ich aber spreche über ernste, praktische Dinge. Zum Beispiel, weil wir schon beim Kämmen sind: Haarschuppen aus Plastik. Das wäre was. In handliche kleine Zellophansäckchen verpackt. Selbst der Ungeschickteste kann sie sich über den Kopf streuen.«

»Sie werden *nie* wie die echten aussehen«, sagte ich bockig.

»Ich garantiere dir, dass man nicht einmal durchs Vergrößerungsglas den Unterschied merkt. In unserer heutigen Zeit ist alles möglich. Hüte aus Glas, zum Beispiel, wären sehr praktisch.«

»Wozu soll ein Hut aus Glas gut sein?«, fragte ich erstaunt.

»Wenn man ihn fallen lässt, braucht man sich nicht nach ihm zu bücken.« Das klang logisch. Es leuchtete mir ein.

»Und was«, fragte ich, »würdest du von einem Geschirrschrank halten, der auch oben vier Füße hat?«

Mein Freund sah mich überrascht an. Solch einen guten Einfall hatte er mir nicht zugetraut.

»Ich verstehe«, nickte er anerkennend. »Wenn der Schrank oben staubig ist, dreht man ihn einfach um. Das wäre fantastisch. Überhaupt gibt es im Haushalt noch viel zu verbessern. Was mir schon seit Jahren fehlt, sind runde Taschentücher!«

»Die man nicht falten muss?«

»Eben. Einfach nur zusammenknüllen.«

»Manche Sachen allerdings sind einfach zu kompliziert«, meinte Jossele. »Erinnerst du dich an die Kuckucksfalle? Man wollte sie an den Kuckucksuhren anbringen. Oberhalb der Klappe, aus der alle Stunden der Kuckuck herauskommt. Im gleichen Augenblick, in dem er seinen idiotischen Kuckucksruf ausstoßen will, fällt ihm von oben ein Hammer auf den Kopf. Aber, wie gesagt, das war zu kompliziert.«

»Und was hältst du von der Erfindung dieses berühmten Mannes, Wassermelonen mit Flöhen zu kreuzen?«

»Damit sich die Kerne von selbst entfernen? Das ist doch ein alter Hut. Wenn schon kreuzen, dann Maiskolben mit Schreibmaschinen. Sobald man eine Kornreihe zu Ende genagt hat, ertönt ein Klingelsignal. Der Kolben rutscht automatisch zurück und man kann die nächste Reihe anknabbern.«

»Das ist nicht schlecht«, musste ich zugeben.

»Es ist jedenfalls zweckmäßig und bequem. Das ist das Wichtigste. In Amerika wurde eine Maschine erfunden, die allerdings noch verbessert werden muss, weil sie bisher viel zu groß ist. Sie pflanzt Kartoffeln, bewässert sie, erntet sie, wäscht sie, kocht sie und … isst sie auf.«

»Ja, ja. Der Mensch wird allmählich überflüssig. Zum Beispiel gibt es jetzt bereits einen Computer, mit dem man Schach spielen kann. Wie findest du das?«

»Davon werde ich mir gleich zwei kaufen«, sagte mein Freund Jossele begeistert. »Die können dann miteinander spielen und ich gehe ins Kino.«

»Da siehst du, wozu Erfindungen alles gut sind.« Befriedigt verließen wir das Kaffeehaus und gingen ins nächste Kino.

Auch die Waschmaschine ist nur ein Mensch

Eines Tages teilte mir die beste Ehefrau von allen mit, dass wir eine neue Waschmaschine brauchten. Die alte war vor kurzem kaputt gegangen.

»Geh hin«, sagte ich zu meiner Frau, »geh hin und kaufe eine neue Waschmaschine. Aber kaufe bitte wirklich nur eine einzige und nimm eine, die in Israel hergestellt wurde.«

Die beste Ehefrau von allen ist auch eine der besten Einkäuferinnen, die ich kenne. Schon am nächsten Tag stand in unserer Küche, fröhlich summend, eine original hebräische Waschmaschine, blank poliert, mit glänzenden Bedienungsknöpfen, einer langen Kabelschnur und einer ausführlichen Gebrauchsanweisung. Unser Zauberwaschmaschinchen besorgte alles von selbst: Schäumen, Waschen, Trocknen.

Am Mittag des zweiten Tages betrat die beste Ehefrau von allen mein Arbeitszimmer, ohne anzuklopfen. Das ist immer ein schlechtes Zeichen. Sie sagte:

»Ephraim, unsere Waschmaschine wandert.«

Ich folgte ihr in die Küche. Tatsächlich: Der Apparat schleuderte gerade die Wäsche und wanderte dabei durch den Raum. Wir konnten den kleinen Ausreißer gerade noch aufhalten, als er die Schwelle überschreiten wollte. Durch einen Druck auf den grellroten Alarmknopf blieb er stehen. Wir überlegten, was wir tun könnten.

Beim nächsten Waschen zeigte es sich, dass die Maschine nur dann ihren Standort veränderte, wenn sich die Trommel der Trockenschleuder schnell zu drehen begann. Zuerst lief ein Zittern durch die ganze Maschine – und gleich darauf begann sie, wie von einem geheimnisvollen inneren Drang getrieben, hopphopp darauf loszumarschieren.

»Na schön«, meinte ich, »warum nicht. Unser Haus ist schließlich kein Gefängnis, und wenn das Maschinchen marschieren will, dann soll es.«

In einer der nächsten Nächte weckte uns ein kreischendes Geräusch. Aus Richtung Küche klang es, als würde Metall zerdrückt. Wir stürzten hinaus: Das Dreirad unseres Sohnes Amir lag zerschmettert unter der Maschine, die sich in irrem Tempo um ihre eigene Achse drehte. Amir stand heulend daneben und schlug mit beiden Fäusten auf den Dreiradmörder ein:

»Pfui, schlimmer Jonathan! Pfui!«

Erklärend muss ich hier hinzufügen, dass wir unsere Waschmaschine Jonathan getauft hatten.

»Jetzt reicht es aber«, meinte meine Frau, »ich werde Jonathan fesseln.«

Sie holte einen Strick und band das eine Ende um die Wasserleitung, das andere wand sie mehrmals um Jonathan.

Ich hatte dabei ein schlechtes Gefühl, hütete mich jedoch, etwas zu sagen. Jonathan gehörte zum Arbeitsbereich meiner Frau, und ich konnte ihr das Recht, ihn anzubinden, nicht streitig machen. Dabei will ich aber nicht verbergen, dass es mich am nächsten Tag mit Schadenfreude erfüllte, als wir Jonathan an der gegenüberliegenden Wand stehen sahen. Er hatte offenbar alle seine Kräfte angespannt, um den Strick zu zerreißen.

Seine Vorgesetzte fesselte ihn zähneknirschend von neuem. Diesmal nahm sie einen längeren und dickeren Strick, dessen Ende sie um den Heißwasserspeicher band.

Das ohrenbetäubende Splittern, das wir bald darauf hörten, werde ich nie vergessen.

»Er zieht den Speicher hinter sich her!«, flüsterte die entsetzte Küchenchefin, als wir am Tatort angelangt waren.

Das ausströmende Gas veranlasste uns, auf künftige Fesselungen zu verzichten … Jonathans Abneigung gegen Stricke war offensichtlich und wir ließen ihn deshalb in Zukunft ohne Behinderung seinen Waschgeschäften nachgehen. Irgendwie leuchtete es uns ein, dass er über einen unbändigen Freiheitswillen verfügte.

An einem Samstagabend dann, an dem uns Freunde zum Essen besuchten, drang Jonathan ins Speisezimmer ein.

»Hinaus mit dir!«, rief meine Frau ihm zu. »Marsch hinaus! Du weißt doch, wo du hingehörst!«

Das war natürlich lächerlich, so weit reichte Jonathans Verstand wieder nicht. Jedenfalls schien es mir sicherer, ihn durch einen raschen Druck auf den Alarmknopf zum Stehen zu bringen.

Als unsere Gäste gegangen waren, startete ich Jonathan, um ihn auf seinen Platz zurückzuführen. Aber er schien uns die schlechte Behandlung von vorhin übel zu nehmen und weigerte sich. Wir mussten ihn erst mit einigen Wäschestücken füttern, ehe er sich auf den Weg machte …

Amir hatte sein kaputtes Dreirad vergessen und allmählich Freundschaft mit Jonathan geschlossen. Bei jedem Waschen stieg er auf ihn und ritt unter fröhlichen »Hü-hott«-Rufen durch die Küche. Wir waren alle zufrieden. Jonathans Waschqualitäten blieben die alten, wir konnten uns nicht beklagen.

Einmal aber bekam ich einen argen Schrecken, als ich eines Abends, bei meiner Heimkehr, Jonathan mit gewaltigen Drehsprüngen auf mich zukommen sah. Ein paar Minuten später, und er hätte die Straße erreicht.

Ich beschloss, einen Fachmann um Rat zu fragen. Er war über meinen Bericht in keiner Weise erstaunt.

»Ja, das kennen wir«, sagte er. »Wenn sie schleudern, kommen sie gern ins Laufen. Meistens geschieht das, weil sie zu wenig Wäsche in der Trommel haben. Geben Sie Jonathan mindestens vier Kilo Wäsche und er wird brav an seinem Platz stehen bleiben.« Meine Frau wartete im Garten auf mich. Als ich ihr erklärte, dass es der Mangel an Schmutzwäsche war, der Jonathan zu seinen Wanderungen trieb, erbleichte sie:

»Großer Gott! Gerade habe ich ihm zwei Kilo Wäsche gegeben. Das ist um die Hälfte zu wenig!«

Wir sausten in die Küche und blieben wie angewurzelt stehen:

Jonathan war verschwunden. Mitsamt dem Kabel.

Als wir zur Straße hinausstürzten, riefen wir, so laut wir konnten, seinen Namen:

»Jonathan! Jonathan!«

Keine Spur von Jonathan.

Ich rannte von Haus zu Haus und fragte unsere Nachbarn, ob sie nicht vielleicht eine Waschmaschine gesehen hätten. Alle antworteten mit bedauerndem Kopfschütteln.

Nach langer, vergeblicher Suche machte ich mich niedergeschlagen auf den Heimweg. Wer weiß, vielleicht hatte in der Zwischenzeit ein Autobus den armen Kleinen überfahren …

»Er ist hier!« Mit diesem Jubelruf begrüßte mich die beste Ehefrau von allen. »Er ist zurückgekommen!«

Das war natürlich wieder einmal leicht übertrieben, denn die Sache war so passiert: In einem unbewachten Augenblick war der kleine Dummkopf in den Korridor hinausgehoppelt und auf die Kellertüre zu. Dort wäre er unweigerlich zu Fall gekommen, wäre nicht im letzten Augenblick der Stecker aus dem Kontakt gerissen.

»Wir dürfen ihn nie mehr vernachlässigen!«, entschied meine Frau. »Zieh sofort deine Unterwäsche aus! Alles!«

Seit diesem Tag wird Jonathan so lange mit Wäsche voll gestopft, bis er mindestens viereinhalb Kilo in sich hat. Und damit kann er natürlich keine Ausflüge mehr machen. Er kann kaum noch atmen, und es kostet ihn ziemlich viel Mühe, seine zum Platzen gefüllte Trommel in Bewegung zu setzen. Armer Kerl. Es ist eine Schande, was man ihm antut.

Gestern hielt ich es nicht mehr aus. Als ich allein im Haus war, schlich ich zu Jonathan und erleichterte sein Inneres um gute zwei Kilo. Sofort begann es, in ihm unternehmungslustig zu zucken, und nach einer kleinen Weile war es so weit: Er machte sich, noch ein wenig ungelenk hüpfend, auf den Weg zu der hübschen italienischen Waschmaschine im gegenüberliegenden Haus. Er brummte und rumpelte dabei männlich und tatendurstig, wie in der guten alten Zeit.

»Geh nur, Jonathan.« Ich streichelte sein Gehäuse. »Los.« Was zur Freiheit geboren ist, soll man nicht festbinden.

Auf dem Trockenen

An jenem denkwürdigen Montag wachten wir früh auf, schauten aus dem Fenster und riefen wie aus einem Mund:

»Endlich!«

Der Himmel erstrahlte in klarem, wolkenlosem Blau. Schnell sprangen die beste Ehefrau von allen und ihre Mutter aus den Betten. Sie stürzten zum Wäschekorb, in dem sich die Schmutzwäsche vieler Monate angesammelt hatte, vieler verregneter Monate. Die ganze Zeit mussten wir die Wäsche ungewaschen liegen lassen, da wir sie nicht zum Trocknen aufhängen konnten. Damit war es nun endlich vorbei. Meine Frau und die Schwiegermutter machten sich fröhlich singend an die Arbeit. Und schon nach wenigen Stunden konnten wir eine riesige Menge frisch gewaschener Wäsche in den Garten bringen, wo wir sie an Leinen, Stricken, Drähten und Kabeln zum Trocknen aufhängten. Als wir gerade damit fertig waren, begann es zu regnen. Wie war das nur möglich? Noch vor wenigen Minuten ließ sich nicht die kleinste Wolke blicken – und jetzt regnete es. Es regnete nicht nur, es goss, es schüttete und alle dunklen Wolken des Himmels sammelten sich genau über unserem Haus. Hastig rafften wir die Wäsche wieder zusammen, rannten mit den einzelnen Bündeln in die Wohnung und legten sie in die Badewanne. Dort mussten wir bald eine Leiter zu Hilfe nehmen, denn der Wäscheberg reichte bis zur Decke. Als wir damit fertig waren, griffen wir erschöpft nach der Zeitung.

Die Wettervorhersage lautete: »In den Morgenstunden zeitweilig Bewölkung, die sich gegen Mittag aufklärt.«

Damit stand für uns fest, dass Sturm und Regen mindestens drei Tage lang anhalten würden.

Wir hatten uns nicht getäuscht. Draußen fiel eintönig der Regen weiter, drinnen begann die Wäsche in der Badewanne zu gären. Am Abend roch es im ganzen Haus modrig. Da und dort tauchten an den Wänden die ersten grünlichen Schimmelpilze auf.

»So geht es nicht weiter«, erklärte die beste Ehefrau von allen. »Die Wäsche muss getrocknet werden, bevor sie völlig kaputtgeht.« Wir zogen eine Drahtschnur durch das Wohnzimmer. Sie reichte vom Griff des rechten Fensters die Wand entlang zur Schlafzimmertür, schwang sich von dort zum Kronleuchter, glitt abwärts und über einige Gemälde zum venezianischen Wandspiegel, umging die Sitzgarnitur, wandte sich scharf nach links und endete am gegenüberliegenden Fenster. An einigen Stellen hingen die dicht nebeneinander aufgereihten Wäschestücke so tief herab, dass wir uns nur noch kriechend fortbewegen konnten. Dabei mussten wir sorgfältig darauf achten, die aufgestellten Hitzespender nicht umzustoßen (Karbidlampen, Spirituskocher auf mittlerer Flamme und so weiter). Diese sollten das Trocknen beschleunigen. Ungefähr um vier Uhr nachmittags wurde das Haus von einem dumpfen Knall erschüttert. Im Wohnzimmer bot sich uns ein chaotisches Bild: Die Drahtschnur war gerissen und die ganze Wäsche lag auf dem Boden. Zum Glück war sie noch nass genug, um die Lampen und Kocher zu löschen.

Die beste Ehefrau von allen sagte nur: »Das werden wir gleich haben.«

Wir hatten es zwar nicht gleich, aber immerhin nach zwei Stunden. Mit vereinten Kräften verteilten wir die Wäschestücke über sämtliche Tische, Stühle, Fensterbretter und Lampen. Erst als auf dem Fußboden wieder Platz war, brachen wir zusammen. Kaum lagen wir, läutete es an der Haustür.

Schwiegermama trippelte zum Fenster und lugte vorsichtig hinaus.

»Doktor Zelmanowitsch ist draußen«, flüsterte

sie. »Der Vorsitzende des Obersten Gerichtshofs. Mit Frau.«

Wir erstarrten vor Schreck und Verlegenheit. Was sollten wir nur tun? Doktor Zelmanowitsch besucht uns durchschnittlich einmal in fünf Jahren. Er hat Anspruch darauf, gebührend empfangen zu werden. Aber wo nur?

Abermals fasste sich die beste Ehefrau von allen als Erste: »Rasch hinaus mit dem Zeug! Mama wird mir helfen. Du hältst den Besuch so lange im Vorraum fest.«

Ich ging zur Tür, öffnete und begrüßte den Obersten Richter und seine Frau herzlich und ausdauernd. Dann zeigte ich ihm einige Stilmöbel in unserem Vorzimmer. Ich redete möglichst laut, um die Geräusche des Wäschetransports vom Wohnzimmer ins Nebenzimmer zu übertönen.

Nach einer Weile äußerte Frau Zelmanowitsch den Wunsch, sich hinzusetzen.

Zum Glück hörte ich kurz darauf das vereinbarte Hustensignal meiner Frau, sodass ich die Gäste ins Wohnzimmer führen konnte. Wir nahmen in dem halbwegs aufgeräumten Raum Platz. Während meine Schwiegermutter sich erkundigte, ob Tee, Kaffee oder Kakao gewünscht werde, flüsterte mir meine Frau zu: Sie hätte die Wäsche im Nebenzimmer verstaut, natürlich ohne sie auszuwinden.

Wir unterhielten uns eine Weile, aber es wollte keine rechte Stimmung aufkommen. Bald herrschte Stille, die plötzlich von einem sonderbaren Geräusch unterbrochen wurde. Wie sich herausstellte, war es Frau Zelmanowitsch, die mit den Zähnen klapperte. »Es ist ein w-w-wenig kühl in diesem Zimmer«, brachte sie mühsam hervor und stand auf. Auf den unteren Partien ihres Kleides war ein großer dunkler Fleck zu sehen.

Auch die übrigen Insassen des Zimmers zitterten vor Kälte. Ich selbst machte keine Ausnahme.

»Der Feuchtigkeitsgehalt Ihres Hauses scheint sehr groß zu sein«, bemerkte Doktor Zelmanowitsch und nieste mehrmals.

Während ich noch versuchte, ihm zu widersprechen, geschah etwas Fürchterliches:

Aus dem Nebenzimmer rieselte Wasser unter der Tür durch. Zuerst nur fadendünn, dann immer breiter, bis es sich als kleines Bächlein über den Teppich ergoss.

Doktor Zelmanowitsch stand auf, um sich zu verabschieden. Seine Frau hatte sich ja schon früher erhoben.

»Bleiben Sie doch noch ein Weilchen«, stotterte die beste Ehefrau von allen und watete zur Tür, um unsere Gäste aufzuhalten. Aber sie ließen sich nicht. Sie gingen. Sie gingen ohne Gruß. Und sie werden in den nächsten Jahren wohl kaum wiederkommen.

Wir Zurückgebliebenen versuchten, das Wasser aufzuhalten. Das gelang uns. Aber wie sollten wir es beseitigen?

Da kam mir ein rettender Gedanke. Ich holte die Wäschestücke aus dem Nebenzimmer, tränkte sie mit dem Wasser und trug die voll gesogenen Stücke in den Garten. Dort hängte ich sie auf, obwohl es ständig weiterregnete. Früher oder später muss die Sonne ja wieder scheinen. Dann wird die Wäsche trocknen. Und dann nehmen wir sie herunter und verbrennen sie.

Fernsehen macht Spaß

Wunder dauern höchstens eine Woche, heißt es, und das ist wahr. Nehmen wir zum Beispiel das Fernsehen: Während der ersten Wochen saßen wir jeden Abend vor dem neu gekauften Gerät und starrten gebannt in die Röhre. So halten wir's noch immer – aber von »gebannt« kann keine Rede mehr sein. Eigentlich benützen wir den Apparat nur deshalb, weil unser Haus auf einem frei liegenden Hügel steht; und das bedeutet Empfang von allen Seiten. Dieser Spielart des technischen Fortschritts ist auch unser Sohn Amir zum Opfer gefallen. Es drückt uns das Herz ab, ihn zu beobachten, wie er fasziniert auf die Mattscheibe starrt, selbst wenn dort eine Stunde lang nichts anderes geboten wird als das Zeichen »Pause«. Etwaigen Hinweisen auf sein sinnloses Verhalten begegnet er mit einer ärgerlichen Handbewegung und einem scharfen »Psst!«.

Nun ist es für ein kleines Kind nicht eben bekömmlich, Tag für Tag bis zum Programmschluss vor dem Fernsehkasten zu hocken und dann am nächsten Morgen todmüde in den Kindergarten zu gehen.

»Genug!«, entschied eines Abends seine Mutter energisch. »Es ist acht Uhr. Marsch, ins Bett mit dir!«

»Will nicht ins Bett!«, brüllte Amir. »Will fernsehen. Will Fernsehen sehen!«

Seine Mutter versuchte, ihn zu überzeugen, dass es dafür schon zu spät sei. Umsonst.

»Und du? Und Papi? Für euch ist es nicht zu spät?«

»Wir sind Erwachsene.«

»Na und? Ich geh nur schlafen, wenn ihr auch schlafen geht.«

»Also gut«, sagte ich. »Wir werden jetzt alle schlafen gehen.« Ich stellte den Fernsehapparat ab und veranstaltete gemeinsam mit meiner Frau ein deutliches Gähnen und Räkeln. Dann begaben wir uns alle drei in unsere Betten. Natürlich hatten wir nicht vergessen, dass um 8 Uhr 15 ein französisches Lustspiel begann. Wir schlichen auf Zehenspitzen ins Fernsehzimmer zurück und stellten den Apparat vorsichtig wieder an.

Wenige Sekunden später warf Amir seinen Schatten auf den Bildschirm: »Pfui!«, kreischte er zornig. »Ihr habt ja gelogen!«

»Wir lügen nicht«, wies seine Mutter ihn zurecht. »Wir wollten nur nachsehen, ob der Apparat auch wirklich richtig ausgeschaltet ist. Und jetzt gehen wir schlafen. Gute Nacht.«

So geschah es. Wir schliefen sofort ein. Nach wenigen Minuten weckte mich meine Frau.

»Ephraim, ich glaube wir können wieder hinübergehen«, flüsterte sie schlaftrunken.

»Still«, flüsterte ich ebenso schlaftrunken. »Amir kommt.«

Aus halb geöffneten Augen hatte ich im Dunkeln die Gestalt unseres Sohnes erspäht, der an der Schlafzimmertür vorbeischlich. Er nahm mein vorbildlich einsetzendes Schnarchen mit Befriedigung zur Kenntnis und legte sich wieder in sein Bett. Zur Sicherheit ließen wir noch ein paar Minuten verstreichen, ehe wir uns abermals auf den Schleichweg zum Fernsehschirm machten.

»Stell den Ton ab, dann hört er uns nicht!«, flüsterte meine Frau. Das war ein guter Rat. Beim Fernsehen, und daher der Name, kommt es ja darauf an, was man sieht, nicht darauf, was man hört. Leider fing das Bild plötzlich an zu wackeln. Also drehte meine Frau an einem Knopf. Sie hatte den falschen erwischt: Der Ton brüllte los.

Und schon kam Amir herbeigestürzt. Er blieb bis Programmschluss bei uns sitzen.

Am nächsten Tag schlief er im Kindergarten während der Gesangstunde ein. Die Kindergärtnerin empfahl uns telefonisch, ihn nach Hause zu holen.

»Jetzt gibt's nur noch eins«, seufzte unterwegs meine Frau.

»Nämlich?«

»Den Apparat verkaufen.«

»Verkauft ihn doch, verkauft ihn doch!«, meckerte Amir.

Wir verkauften ihn natürlich nicht. Wir stellten ihn nur pünktlich um 8 Uhr abends ab. Dann putzten wir uns die Zähne und fielen vorschriftsmäßig ins Bett. Unter meinem Kopfkissen lag der auf 9 Uhr 30 gestellte Wecker.

Es klappte. Amir konnte auf seinen zwei Kontrollbesuchen nichts Verdächtiges entdecken. Als der Wecker um 9 Uhr 30 sein gedämpftes Klingeln hören ließ, machten wir uns behutsam und leise auf den Weg ins Fernsehzimmer. Ein dumpfer Knall ließ mich zusammenfahren. Meine Frau war mit dem Kopf an die Tür gestoßen. Ich half ihr auf die Beine: »Was ist los?«

»Amir hat uns eingesperrt!«

Ein begabtes Kind, das muss man schon sagen.

Und seit fünf Minuten lief der neueste Film von Frank Sinatra. Also sprang ich durchs offene Fenster in den Garten, erkletterte katzenartig den Balkon im ersten Stock, zwängte meine Hand durch das Drahtgitter, öffnete die Tür, stolperte die Treppe hinunter und befreite meine Frau.

Nach knappen zwanzig Minuten saßen wir vor dem Bildschirm. Ohne Ton, aber glücklich.

Plötzlich sprang meine Frau auf, schaltete den Fernsehapparat aus und versteckte sich hinter einem Sessel. Ich kroch unter den Tisch. Von hier konnte ich Amir sehen, der durch den Korridor tappte. Vor unserem Schlafzimmer blieb er stehen und guckte durchs Schlüsselloch.

»Hallo!«, rief er. »Ihr dort drinnen! Hallo! Schlaft ihr?«

Als keine Antwort kam, machte er kehrt, und zwar in Richtung Fernsehzimmer. Das war das Ende. Ich knipste das Licht an. »Na, Amir, jetzt bist aber *du* hereingefallen!«

Amir sah mich nur vorwurfsvoll an, drehte sich um und ging in sein Schlafzimmer. Als er zurückkam, brachte er sein Bettzeug mit und baute es vor dem Fernsehapparat auf.

Morgen wird der Kasten wieder verkauft.

Seligs Radio hat Störungen

Wir haben Schwierigkeiten mit unseren Nachbarn, den Seligs. Was die mit ihrem Radio machen, ist einfach unerträglich. Jeden Abend um 6 Uhr, wenn Felix Selig müde von der Arbeit nach Hause kommt, führt ihn sein erster Weg zum Radio. Und er stellt es auf volle Lautstärke. Ob Nachrichten, Musik oder Vorträge gesendet werden, ist ihm gleichgültig. Hauptsache, es macht Lärm. Und dieser Lärm dringt bis in die entlegensten Winkel unserer Wohnung.

Wir überlegten, was wir dagegen tun könnten. Meine Frau, die die Seligs einmal besuchte, meinte, dass das Radio bei uns noch lauter dröhnt als in der Wohnung der Seligs. Jedenfalls ist die Trennwand zwischen den beiden Wohnungen so dünn, dass wir abends beim Ausziehen das Licht löschen, um keine lebenden Bilder an die Wand zu werfen. Außerdem hört man durch diese Wand selbst das leiseste Flüstern.

Wir mussten also einsehen: Nur ein Wunder konnte uns retten. Und das Wunder geschah.

Eines Abends, als Seligs Radio wieder einmal

seinen ohrenbetäubenden Lärm entfaltete, rasierte ich mich gerade.

Kaum hatte ich den Rasierapparat eingeschaltet, begann es, in Seligs Radio laut zu knacksen. Ich zog den Stecker heraus – das Knacksen hörte auf. Ich steckte ihn wieder ein – es knackste und krachte. Dann hörte ich Felix Seligs Stimme:

»Erna, was ist mit unserem Radio los? Das Knacksen macht mich verrückt!«

Mir eröffneten sich ungeahnte Möglichkeiten.

Als Felix Selig am nächsten Abend um 6 Uhr nach Hause kam, wartete ich bereits, den Rasierapparat in der Hand. Felix ging wie immer sofort zum Radio und drehte es an. Ich wartete eine Minute, dann steckte ich den Stecker ein. Augenblicklich verwandelte sich in der Nachbarwohnung eine wunderschöne Klavierpassage in ein lautes Krkrkrk. Felix wartete zunächst ab, offenbar in der Hoffnung, dass die Störung bald vorbei sein würde. Endlich hatte er genug.

»Hör auf, um Himmels willen!«, brüllte er völlig entnervt den Kasten an. Seine Stimme klang so beschwörend, dass ich schnell den Stecker des Rasierapparates aus der Wand zog.

Jetzt stellte Felix das Radio ab, rief mit heiserer Stimme nach seiner Frau und sagte, für uns gut verständlich:

»Erna, es ist etwas sehr Merkwürdiges passiert.

Der Apparat hat geknackst, ich habe ›Hör auf!‹ gebrüllt – und er hat aufgehört.«

»Felix«, antwortete seine Frau, »du bist überarbeitet, das merke ich schon seit längerer Zeit. Geh heute etwas früher schlafen!«

»Du glaubst mir nicht?«, brauste Felix auf. »Höre selbst!« Und er drehte das Radio an.

Meine Frau und ich konnten uns gut vorstellen, wie die beiden vor dem Kasten standen und auf das Knacksen warteten.

»Ganz wie ich sagte«, meinte Frau Selig. »Du redest dummes Zeug. Wo bleibt das Knacksen?«

»Wenn ich es dir vorführen will, kommt natürlich nichts«, fauchte der enttäuschte Felix. Dann wandte er sich herausfordernd an das Radio: »Also, willst du nun knacksen, was?«

Ich schaltete den Rasierapparat ein. Krkrkrk.

»Tatsächlich«, flüsterte Erna, »jetzt knackst er. Es ist wirklich unheimlich. Ich habe Angst. Sag ihm, dass er aufhören soll.«

»Hör auf«, sagte Felix mit gepresster Stimme, »bitte hör sofort auf …«

Ich zog den Stecker heraus.

Am nächsten Tag traf ich Felix im Treppenhaus. Er sah angegriffen aus, ging ein wenig schlotternd, und unter seinen verquollenen Augen hatte er große dunkle Ringe. Wir sprachen zuerst über das schöne Wetter – dann fasste mich Felix plötzlich am Arm und fragte:

»Glauben Sie an übernatürliche Kräfte?«

»Selbstverständlich nicht. Warum?«

»Ich frage nur.«

»Mein Großvater, der ein sehr gescheiter Mann war«, sagte ich sinnend, »glaubte an derartige Dinge.«

»An Geister?«

»Nicht gerade an Geister. Aber er war überzeugt, dass tote Gegenstände – es klingt ein wenig lächerlich, entschuldigen Sie –, also, dass Dinge wie ein Tisch, eine Schreibmaschine, ein Plattenspieler ihre eigene Seele haben. Was ist los mit Ihnen, mein Lieber?«

»Nichts … danke …«

»Mein Großvater schwor, dass sein Plattenspieler ihn hasste. Was sagen Sie zu diesem Unsinn?«

»Er hasste ihn?«, fragte Felix zitternd.

»So behauptete er jedenfalls. Und eines Nachts – aber das hat natürlich nichts damit zu tun – fanden wir ihn. Er lag neben dem Plattenspieler und war tot. Die Platte lief noch.«

»Entschuldigen Sie«, sagte mein Nachbar. »Mir ist ein wenig übel.« Schnell lief ich die Treppe hinauf, sauste in meine Wohnung und legte den Rasierapparat bereit. Ich konnte hören, wie Felix

Selig in der Nebenwohnung mehrere Gläser Cognac trank, bevor er das Radio anstellte.

»Du hasst mich«, rief der aufgeregte Mann, »ich weiß, dass du mich hasst.«

Krkrkrk. Ich schaltete für etwa zwei Minuten meinen Rasierapparat ein.

»Was haben wir dir getan?«, erklang Frau Seligs flehende Stimme. »Haben wir dich schlecht behandelt?«

Jetzt war es so weit. Unser Plan konnte beginnen. Meine Frau ging hinüber zu den Seligs.

Schmunzelnd hörte ich mit an, wie die Seligs meiner Frau erzählten, dass ihr Radio übernatürliche Kräfte hätte.

Nach einigem Nachdenken rückte meine Frau mit dem Vorschlag heraus, das Radio zu beschwören.

»Geht das denn?«, riefen die zwei Seligs. »Können Sie das? Dann tun Sie es bitte!«

Das Radio wurde wieder angedreht. Der große Augenblick war da. »Geist im Radio«, rief die beste Ehefrau von allen. »Wenn du mich hörst, gib uns ein Zeichen!«

Rasierapparat einstellen. – Krkrkrk. »Ich danke dir.«

Rasierapparat abstellen.

»Geist«, rief meine Frau, »gib uns ein Zeichen, ob dieses Radio in Betrieb bleiben soll?«

Rasierapparat bleibt abgestellt.

»Willst du vielleicht, dass es lauter spielen soll?«

Rasierapparat bleibt abgestellt.

»Dann willst du vielleicht, dass die Seligs ihr Radio überhaupt nicht mehr benützen sollen?«

Rasierapparat einschalten.

Rasierapparat einschalten! Einschalten!!!

Um Himmels willen, warum hört man nichts … kein Knacksen, kein Krkrkrk, nichts …

Der Rasierapparat streikte. Die Batterie war ausgebrannt, oder sonst was. Jahrelang war er tadellos gegangen, und gerade jetzt …

»Geist, hörst du mich?« Meine Frau hob die Stimme. »Ich frage: Willst du, dass die Seligs aufhören, diesen entsetzlichen Kasten zu verwenden? Gib uns ein Zeichen! Antworte!!«

Verzweifelt stieß ich den Stecker in den Kontakt, wieder und wieder – es half nichts. Nicht das leiseste Krkrkrk erklang. »Warum knackst du nicht?«, rief meine Frau, nun schon ein wenig schrill. »Gib uns ein Zeichen, du Idiot! Sag den Seligs, dass sie nie wieder ihr Radio spielen sollen! Ephraim!!«

Jetzt war sie etwas zu weit gegangen. Ich glaubte zu sehen, wie die Seligs sich mit einem viel sagenden Blick zu ihr umwandten …

Am nächsten Tag ließ ich den Rasierapparat reparieren.

»Die Batterie war ausgebrannt«, sagte mir der Elektriker. »Ich habe eine neue hineingetan. Jetzt wird es auch in Ihrem Radio keine Störungen mehr geben.«

Und seither dröhnt das Radio unserer Nachbarn ungestört in jedem Winkel unserer Wohnung.

Wettervorhersage: Neigung zu Regenschirmverlusten

Heuer haben wir wirklich ein unmögliches Aprilwetter. Manchmal ballen sich dunkle Wolken am Himmel zusammen und ein kalter Wind heult durch die Gegend. Zehn Minuten später scheint die Sonne, als wäre nichts geschehen, und nach weiteren fünf Minuten regnet es, oder es kommt sogar ein Gewitter. In solchen Zeiten ist es besser, nicht ohne Regenschirm aus dem Haus zu gehen. Zumindest meinte das meine Frau, als ich mich auf den Weg machte, unser Auto aus der Reparaturwerkstätte abzuholen.

»Nimm meinen Regenschirm, Liebling«, sagte sie. »Aber bitte, verlier ihn nicht!«

Jedes Mal wenn ich mit einem Regenschirm das Haus verlasse, wiederholt sie diese völlig überflüssige Mahnung.

»Teuerste«, antwortete ich daher, »wann habe ich jemals einen Regenschirm verloren?«

»Vorgestern«, meinte sie prompt darauf. »Eben deshalb möchte ich nicht, dass du jetzt auch noch meinen verlierst.«

Mit welchem Triumph in der Stimme sie mir unter die Nase reibt, dass ich meinen Regenschirm irgendwo stehen ließ und jetzt ihren nehmen muss: dieses lächerlich kleine blassblaue Ding, das anstelle eines anständigen Griffs einen Hundekopf aus Elfenbein oder Plastik hat. Angewidert nahm ich ihn und ging hinaus in den strömenden Regen.

Als ich aus dem Autobus stieg, hatte sich das Wetter gebessert. Der Himmel war klar, die Bäume blühten, die Vögel zwitscherten, die Sonne schien, und ich ging, mit einem Damenregenschirm am Arm, durch die Straßen.

Der Wagen war noch nicht fertig, ich sollte später noch einmal wiederkommen.

Auf dem Heimweg kam ich an der Bank vorbei. Dort hob ich etwas Geld ab. Anschließend setzte ich mich kurz ins Café »California«, plauderte mit Freunden und kam pünktlich um ein Uhr zum Essen nach Hause.

Die Frage, mit der mich meine Frau empfing, lautete:

»Wo ist der Regenschirm?«

Tatsächlich, wo war er? Ich hatte ihn vollständig vergessen. Aber wo? Und schon kam mir die Erleuchtung:

»Er ist im ›California‹! Ich erinnere mich genau, dass ich ihn zwischen den Knien versteckt hielt, damit ihn niemand sieht. Natürlich. Ich hole ihn sofort, Liebling. In ein paar Minuten bin ich zurück.«

Inzwischen hatte es wieder angefangen zu regnen. Ich sauste zum Bus. Dort setzte ich mich auf einen freien Platz und dachte über Regenschirme nach. Erst im letzten Augenblick merkte ich, dass ich an der richtigen Haltestelle angekommen war. Ich sprang auf, griff nach dem Regenschirm und drängte zum Ausgang.

»He! Das ist mein Schirm!«

Dieser Ausruf kam von einer sehr dicken Dame, die die ganze Zeit neben mir gesessen war. In meiner Zerstreutheit hatte ich ihren Regenschirm genommen. Na und? So etwas kann vorkommen. Aber die sehr dicke Dame machte einen fürchterlichen Wirbel, bezeichnete mich als Dieb und drohte sogar mit der Polizei. Vergeblich versuchte ich, ihr zu erklären, dass ich auf ihren schäbigen Schirm nicht angewiesen sei und mehrere eigene besäße. Die sehr dicke Dame schimpfte ungerührt weiter, bis ich mich ihren Angriffen durch Flucht entzog.

Im »California« fand ich sofort den Schirm meiner Frau, oder genauer, das, was von ihm übrig geblieben war. Man hatte ihn achtlos in eine Ecke geworfen und war barbarisch über ihn hinweggetrampelt, sodass er vor lauter Schmutz nicht mehr wiederzuerkennen war.

Was würde meine Frau sagen?

»Siehst du«, rief ich mit gespielter Fröhlichkeit, als ich ihr gegenüberstand. »Ich habe ihn gefunden.«

»Was hast du gefunden?«

»Deinen Regenschirm!«

»Das soll mein Regenschirm sein?«

Wie sich herausstellte, war ihr Regenschirm inzwischen von der Bank zurückgeschickt worden. Jetzt fiel mir auch ein, dass ich ihn dort vergessen hatte. Aber wem gehörte dann dieses schwarze, schmierige Ding?

Das Telefon läutete.

»Hier ist der Oberkellner vom ›California‹. Sie haben meinen Regenschirm mitgenommen. Das ist nicht schön von Ihnen. Ich mache um drei Uhr Schluss und draußen regnet es.«

»Entschuldigen Sie bitte. Ich bringe ihn sofort zurück.«

Die beste Ehefrau von allen wurde etwas nervös.

»Nimm meinen Regenschirm«, sagte sie. »Aber bitte, verlier ihn nicht wieder.«

»Wozu brauche ich deinen Regenschirm? Ich habe ja den vom Kellner!«

»Und für den Rückweg, du Dummkopf?«

Auf dem Weg zur Bushaltestelle hörte der Regen auf und die Sonne schien wieder. Nun trug ich zwei Regenschirme am Arm, von denen der eine aussah wie ein schadhafter schwarzer Fallschirm, der andere hatte einen großen Plastikhundekopfgriff. Die Leute, die mit mir auf den Bus warteten, starrten mich an. Mir war die Sache so peinlich, dass ich einen Schwindelanfall bekam. Ich ging in die nächste Apotheke, nahm dort zwei Aspirin und beschloss zu warten, bis es wieder zu regnen begänne. Plötzlich bekam ich Hunger. Ich ging zum Kiosk an der Ecke und kaufte mir zwei Wurstbrötchen, die ich im Bus verschlang. Vor dem Café »California« wartete der Kellner und schaute mich fragend an:

»Wo ist mein Regenschirm?«

Tatsächlich. Er fragte mich, wo sein Regenschirm ist. Woher sollte ich das wissen? Was kümmerte mich sein Regenschirm? Ich wollte lieber wissen, wo der Regenschirm meiner Frau war. Langsam glaubte ich, alle Regenschirme der Welt hätten sich gegen mich verschworen.

»Nur ein wenig Geduld«, beruhigte ich den Kellner. »Sie werden Ihren Regenschirm sofort haben.«

Ungeachtet des Wolkenbruchs rannte ich zur Haltestelle zurück. Atemlos riss ich die Türe zur Apotheke auf:

»Ich … hier … vor ein paar Minuten …«

»Ich weiß schon«, unterbrach mich der Apotheker. »Ist er das?«

Ich nahm den Schirm an mich und rannte weiter. Natürlich hätte ich nicht schwören können, dass es der Schirm meiner Frau war. Sicher, er sah ihm etwas ähnlich, aber er war grün und hatte als Griff keinen Elfenbeinmops, sondern einen flachen Schnabel mit den eingravierten Worten: »Meiner Schwester Dr. Lea Pickler«. Es schien wirklich nicht ganz der Schirm meiner Frau zu sein. Aber irgendetwas musste ich dem Kellner schließlich zurückbringen.

»Hallo, Sie!« Der Kioskinhaber winkte mir zu. Und hier, in eine Ecke gelehnt, wie Bruder und Schwester, standen die beiden streunenden Schirme, der des Obers und der meiner Frau.

Den Blick fest zu Boden gerichtet, reihte ich mich an der Bushaltestelle in die Schlange der Wartenden ein. An meinem Arm baumelten drei Regenschirme, ein schwarzer, ein blauer und ein grüner. Wenn es wenigstens geregnet hätte. Aber leider war strahlender Sonnenschein.

Ich rollte die drei Schirme zu einem Bündel zusammen, als wäre ich ein Schirmvertreter, der mit seinen neuesten Mustern unterwegs ist. Aber auch dadurch konnte ich nicht verhindern, dass mich von allen Seiten misstrauische Blicke trafen.

Im Bus setzte ich mich ganz nach hinten, in der Hoffnung, dass man von meinen drei Schirmen keine Notiz nehmen würde. Die Umsitzenden enthielten sich auch wirklich aller Kommentare. Offenbar hatten sie sich bereits an mich gewöhnt.

Nach einigen Stationen wagte ich aufzuschauen. Und da – da – mir gegenüber – direkt mir gegenüber … um Himmels willen! Die sehr dicke Dame. Dieselbe dicke Dame, die ich schon einmal getroffen hatte. Sie fixierte mich. Sie fixierte meine drei Regenschirme. Und sie sagte:

»Einen erfolgreichen Tag gehabt heute, was?«

Dann wandte sie sich an die Umsitzenden und erklärte ihnen Folgendes: »Der Kerl klaut Regenschirme, wo er sie sieht, und macht sich aus dem Staub. Ein gesunder junger Mann, gut gekleidet, und stiehlt Regenschirme, anstatt einem anständigen Beruf nachzugehen. Eine Schande. Vor zwanzig Jahren hat es in unserem Land keine solchen Leute gegeben.«

Alle stimmten ihr zu.

»Polizei«, rief jemand, »man muss ihn der Polizei übergeben.«

Die Haltung der Menge wurde immer drohender. Mir blieb keine andere Rettung, als zum Ausgang zu flüchten und so schnell wie möglich den Bus zu verlassen.

Mit einer gewaltigen Kraftanstrengung kämpfte ich mir den Weg frei und sprang hinaus in den Regen.

Schützend hob ich die Hände über meinen Kopf … Die Hände? Beide Hände?

Seither sind in einem Wagen der Autobuslinie 5 drei Regenschirme auf dem Weg in die Ewigkeit.

Ich stand mit geschlossenen Augen im Regen und rührte mich nicht. Das Wasser lief mir in den Kragen, durch meine Unterwäsche, in meine Schuhe. Ich blieb stehen und wartete, bis die Sintflut kommen würde oder besseres Wetter.

Der quergestreifte Kaugummi

Wir hatten uns zu einer Erholungsreise entschlossen, meine Frau und ich, und machten uns an die Ausarbeitung eines genauen Reiseplans. Alles klappte, nur ein einziges Problem blieb offen:

Was sollen wir den Kindern sagen? Nun, Rafi ist schon ein großer Junge, mit dem man vernünftig reden kann. Er begreift, dass Mami und Papi von der Königin von England eingeladen wurden und dass man eine solche Einladung nicht ablehnen darf. Das ging also in Ordnung. Aber was machen wir mit Amir? Er ist noch so klein und möchte uns am liebsten dauernd um sich haben.

Ich besprach das Problem beim Mittagessen mit meiner Frau, und wir beschlossen, offen mit Amir zu reden.

»Weißt du, Amirlein«, begann meine Frau, »es gibt so hohe Berge in …«

»Nicht wegfahren!« Amir stieß einen schrillen Schrei aus. »Mami, Papi nicht wegfahren! Amir nicht allein lassen!«

Tränen strömten über seine zarten Wangen.

»Wir fahren nicht weg!«

Beinahe gleichzeitig sprachen wir es aus, gefasst, tröstend, endgültig.

Damit schien das Problem gelöst.

Doch am nächsten Morgen beschlossen wir, trotzdem zu fahren. Wir lieben unseren Sohn Amir, aber wir lieben auch Auslandsreisen sehr. Und wir wollten uns von dem Kind nicht um jedes Vergnügen bringen lassen.

Wir wandten uns an einige Leute aus unserem Bekanntenkreis, die viel von Kindern verstehen. Diese gaben uns den Rat, Amir von unserer Reise zu erzählen. Auf keinen Fall sollten wir heimlich die Koffer packen und abfahren.

Zu Hause angekommen, holten wir die beiden großen Koffer vom Dachboden, klappten sie auf und riefen Amir ins Zimmer.

»Amir«, sagte ich mit klarer, kräftiger Stimme, »Mami und Papi …«

»Nicht wegfahren!«, brüllte Amir. »Amir nicht ohne Mami und Papi lassen! Nicht wegfahren!«

Amir klammerte sich an mich und schluchzte laut. Wir waren selbst nahe daran, in Tränen auszubrechen. Was hatten wir da angerichtet, um Himmels willen?

»Steh nicht herum wie ein Idiot!«, ermahnte mich meine Frau. »Bring ihm einen Kaugummi!«

Amirs Schluchzen hörte sofort auf. »Kaugummi? Papi bringt Amir Kaugummi aus Europa?«

»Ja, mein Liebling, ja, natürlich. Kaugummi. Viel, viel Kaugummi. Mit Streifen!«

Amir strahlte übers ganze Gesicht:

»Kaugummi mit Streifen, Kaugummi mit Streifen! Papi wegfahren! Amir Kaugummi aus Europa holen! Ganz viel Kaugummi mit Streifen. Papi schnell wegfahren!«

Amir hüpfte durchs Zimmer und klatschte in die Hände:

»Papi wegfahren! Mami wegfahren! Beide wegfahren! Schnell, schnell! Warum Papi noch hier? Warum, warum ...« Er fing wieder an zu weinen.

»Wir fahren ja, Amir, mein Liebling«, beruhigte ich ihn. »Wir fahren sehr bald.«

»Nicht bald! Papi und Mami jetzt gleich wegfahren!«

Und aus diesem Grund fuhren wir ein paar Tage früher ab, als wir geplant hatten.

In Rom bestiegen wir das Flugzeug, um nach Hause zu fliegen. Uns war seltsam unbehaglich zumute. Wir hatten irgendetwas vergessen. Was war es denn nur? Was, um Himmels willen ...

»Ich hab's!«, rief meine Frau plötzlich. »Der gestreifte Kaugummi. Wir haben den gestreiften Kaugummi vergessen!«

Ich erschrak und versuchte, meine Frau zu trösten, der es ähnlich ergangen war.

»Vielleicht«, stotterte ich, »vielleicht erinnert sich Amir nicht mehr …« Aber daran glaubte ich selbst nicht.

Während der kurzen Zwischenlandung in Athen liefen wir von Kiosk zu Kiosk, um Kaugummi zu kaufen. Aber es gab keinen. Das Einzige, was man uns für ein Kind in Amirs Alter anbot, war eine zwei Meter große Stoffgiraffe. Wir nahmen sie mit.

Zwei Stunden später landeten wir auf dem Flughafen von Tel Aviv. Als wir von fern unsere beiden Söhne erspähten, die uns hinter der Sperre erwartungsvoll entgegenschauten, wurden wir nervös. Mit Rafi würde es keine Schwierigkeiten geben, er war schon ziemlich vernünftig. Aber wie stand es mit Amir?

Wir hoben ihn hoch, umarmten ihn, stellten ihn behutsam wieder auf den Boden. Und während ihm seine Mutter vorsorglich über die Locken strich, fragte ich ihn:

»Na? Haben wir dir die Stoffgiraffe mitgebracht oder nicht?«

Amir gab keine Antwort. Er schaute zuerst die Giraffe an, dann uns. Es schien, als wären wir ihm völlig fremd, als hätte er uns vergessen. Im Auto saß er stumm auf den Knien seiner Großmutter und starrte vor sich hin. Erst als wir uns unserer Wohnung näherten, fragte er: »Wo ist der Kaugummi?«

Ich brachte kein Wort heraus. Auch meine Frau seufzte nur leise. Dann fasste sie Mut und sagte beruhigend:

»Der Onkel Doktor ... weißt du, Amirlein ... der Onkel Doktor sagt, gestreifter Kaugummi ist schlecht fürs Bauchi ... ungesund, weißt du ...«

Amirs Antwort erfolgte so plötzlich und in einer solchen Lautstärke, dass der Taxifahrer das Steuer verriss.

»Onkel Doktor blöd, Onkel Doktor ekelhaft!«, brüllte Amir. »Papi und Mami pfui! Amir will Kaugummi haben. Gestreiften Kaugummi.«

Jetzt mischte sich die liebe Oma ein: »Wirklich, warum habt ihr dem Kind keinen Kaugummi mitgebracht?«

Nach diesen Worten schrie Amir noch lauter. Zu Hause angekommen, fragte ich ihn:

»Na, Amir, mein Sohn? Womit werden wir denn die Giraffe füttern?«

»Mit Kaugummi«, antwortete Amir, »mit gestreiftem Kaugummi.«

Ich beschloss, es anders zu versuchen und Amir die Wahrheit zu sagen. Ich wollte ihm gestehen, dass wir den Kaugummi vergessen hatten, ganz einfach vergessen.

»Papi hatte auf dieser Reise sehr viel zu tun, und er hatte keine Zeit, Kaugummi zu kaufen«, begann ich.

Amirs Gesicht verfärbte sich. Um zu verhindern, dass er wieder zu brüllen anfing, erzählte ich ihm:

»Aber die Königin von England hat mir fünf Kilo Kaugummi für dich mitgegeben. Sie stehen im Keller. Gestreifter Kaugummi für Amir in einem gestreiften Karton. Aber du darfst nicht hinuntergehen, hörst du? Sonst kommen Krokodile und fressen dich auf. Krokodile sind ganz verrückt nach Kaugummi. Wenn sie erfahren, dass in unserem Keller so viel Kaugummi liegt, fliegen sie sofort los – moderne Krokodile haben Propeller, weißt du – und suchen unseren Keller. Dann kommen sie ins Kinderzimmer und schnappen nach dir. Willst du, dass Krokodile in unser Haus kommen?«

»Ja!«, jauchzte Amir. »Gestreifte Krokodile. Wo sind die Krokodile? Wo?«

Mir fiel keine neue Geschichte mehr ein, um Amir zu beruhigen. Zum Glück kam gerade meine Frau aus dem Nachbarhaus zurück, wo sie vergebens um Kaugummi gebettelt hatte. Auch alle Geschäfte waren bereits geschlossen.

Amir brüllt von neuem los, und wir wissen nicht, wie wir ihn beruhigen sollen. Da geht die

Großmutter in den benachbarten Kaufladen und weckt den Inhaber. Dieser führt aber keinen gestreiften Kaugummi, sondern nur ganz gewöhnlichen. Ich verschwinde mit dem gewöhnlichen Kaugummi in der Küche, um mit Wasserfarben die erforderlichen Streifen aufzumalen. Die Wasserfarben halten nicht und laufen vom Kaugummi herunter. In unserer Wohnung herrscht ein heilloses Durcheinander. Die Kinder schreien, im Nebenzimmer explodiert ein Luftballon mit lautem Knall und die Großmutter telefoniert bereits mit dem Arzt. Amir erscheint heulend in der Küche:

»Papi hat Amir Kaugummi versprochen! Kaugummi mit Streifen!«

Jetzt habe ich genug. Ich weiß nicht, was plötzlich in mich gefahren ist – aber im nächsten Augenblick werfe ich den Kasten mit den Wasserfarben an die Wand und brülle: »Ich habe keinen gestreiften Kaugummi und ich werde auch keinen haben! Zum Teufel mit den verdammten Streifen! Noch ein Wort und ich haue dir ein paar herunter! Hinaus! Schluss mit dem Theater!«

Meine Frau und die Großmutter sind in Ohnmacht gefallen. Auch ich selbst bin von meinen eigenen Worten erschrocken. Wird der kleine Amir diesen Schock jemals überwinden?

Es scheint so. Amir hat nach dem angemalten

Kaugummi gegriffen, steckt ihn in den Mund und kaut genießerisch.

»Mhm. Schmeckt fein. Guter Kaugummi. Streifen pfui.«

Strafe muss sein

Gestern bekam ich Nachricht von meinem Freund Jossele. Es war ein Anruf aus dem Krankenhaus: Er ließ mich bitten, ihn zu besuchen. Überflüssig zu sagen, dass ich mich sofort auf den Weg machte.

Ich fand Jossele im Garten des Krankenhauses. Bleich und niedergeschlagen saß er in einem Rollstuhl. Ein Bild des Jammers. Ich war erschüttert.

»Jossele!«, rief ich. »Was ist los mit dir? Ein Herzanfall? Oder sonst etwas Lebensgefährliches?«

»Nein, nein.« Er schüttelte müde den Kopf. Seine Stimme klang tonlos. »Aber was mir am Montag passiert ist ... Ich bin jetzt fest davon überzeugt, dass es eine göttliche Gerechtigkeit gibt.«

»Bitte, erklär mir das genauer«, sagte ich und setzte mich neben ihn.

Mein Freund holte tief Atem.

»Mein Wagen war kaputt. Ich musste also mit dem Autobus fahren. Linie 33. Montag. Zur Stoßzeit. Und wahrlich, ich habe gestoßen. Mit Händen, Füßen und Ellbogen habe ich mir einen Sitz erkämpft. Und kaum saß ich da, stell dir vor, da pflanzt sich irgendein alter Idiot vor mir auf und begann, mich völlig ungefragt zu beschimpfen. Es sei ein Skandal und eine Schande, ein junger, gesunder Mensch wie ich bleibt sitzen und ein alter, kränklicher Mann wie er muss stehen.

Ich tat so, als würde ich ihn nicht hören.

Der Alte aber schimpfte weiter. Über die heutige Jugend im Allgemeinen und über mich im Besonderen. Ich blieb ungerührt. Wieso sollte ich meinen bequemen Sitzplatz gegen einen Stehplatz im Gedränge eintauschen? Unterdessen hatten die Beschimpfungen des Alten den ganzen Bus gegen mich aufgebracht. Plötzlich riss er mich am Kragen, zerrte mich hoch und setzte sich unter dem Jubel aller Fahrgäste auf meinen Platz. Das konnte ich mir doch nicht einfach gefallen lassen. Na warte, Bürschchen, dachte ich, dir werde ich eine Lektion erteilen. Ich schwankte, hielt mich nur mühsam aufrecht und bahnte mir stöhnend den Weg zum Ausgang, wobei ich mit schmerzverzerrtem Gesicht das rechte Bein nachschleppte.

Die anderen Fahrgäste schwiegen betreten. Dann fingen sie an zu flüstern. ›Der arme Kerl … ist gelähmt … hat ein krankes Bein … kann sich kaum bewegen … und dieser alte Trottel verjagt ihn von seinem Sitz.‹ Es fehlte nicht viel und sie wären über ihn hergefallen. Einige standen auf, um mir ihren Sitz anzubieten. Aber ich winkte mit leidender Miene ab. Und da ich sowieso am Ziel war, bereitete ich mich unter neuerlichem Stöhnen zum Aussteigen vor.«

»Das hast du gut gemacht! Dem hast du's aber gegeben!« Ich nickte anerkennend. »Und dann?«

»Dann«, sagte mein Freund Jossele, »dann bin ich auf dem Trittbrett ausgerutscht und hab mir das Bein gebrochen.«